LE CORAN

MICHEL REEBER

LES ESSENTIELS MILAN

Sommaire

Les mots suivis d'un astérisque (*) sont expliqués dans le glossaire.

Pour explorer le Coran

Pour les musulmans, le Coran représente le recueil des paroles divines révélées au prophète Muhammad. Né dans la rudesse des paysages désertiques d'Arabie, il y a 14 siècles, le Coran est aujourd'hui au cœur de la vie religieuse de plus d'un milliard de musulmans. *« Le Coran s'adresse à toute l'humanité* [sourate 34,28], *et jamais spécifiquement aux Arabes. Il est le patrimoine de tous et nul ne peut en revendiquer l'exclusivité. Mais il est diversement reçu, selon l'appartenance religieuse ou idéologique du récipiendaire du Message. Il n'y a pas une clé de lecture pour le Coran, mais des clés, toutes en même temps subjectives et objectives. »*

Cette réflexion du professeur Mohamed Talbi (*Réflexions sur le Coran*, 1989), spécialiste de l'histoire musulmane médiévale, sera toujours d'actualité. Nombreux sont ceux et celles qui s'étonnent des interprétations controversées dont le Coran est l'objet. Tout dépend des critères que les uns et les autres privilégient.

Cet « Essentiel Milan » se veut un guide de lecture du Coran fondé sur le recoupement des données fournies par l'exégèse, l'histoire des religions, la théologie et la spiritualité. Il existe, bien évidemment, d'autres approches.

Avertissement

L'orthographe des noms propres suit en principe le système de transcription adopté par le *Petit Robert 2, Dictionnaire universel des noms propres*. Les termes arabes sont orthographiés selon les règles adoptées aujourd'hui par les dictionnaires et encyclopédies de l'islam. Les références des versets coraniques sont faites selon la numérotation de l'édition standard du Caire, la plus répandue dans le monde musulman. Les passages traduits suivent en principe la traduction de Denise Masson, révisée par le docteur Sobhi al-Saleh.

Muhammad, prophète de l'islam

Pour les musulmans, Muhammad est à la fois prophète* (*nabî*) et envoyé de Dieu (*rasûl Allâh*). Appelé « sceau des prophètes », il est venu clore le cycle des missions prophétiques en instaurant les fondements d'une nouvelle religion monothéiste.

Le nom de Muhammad

Son nom complet est Abû al-Qâsim Muhammad ibn 'Abd Allâh ibn 'Abd al-Muttalib ibn al-Hâshim. En usage dans la langue française jusqu'au début du XXe siècle, la forme « Mahomet » est une altération du nom arabe de Muhammad. Muhammad signifie en arabe « le loué ».

Éléments biographiques

Né vers 569-570 à La Mecque (ville d'Arabie, aujourd'hui en Arabie Saoudite), Muhammad appartient au clan des Banû Hâshim, une des composantes de la tribu de Quraysh qui régnait alors à La Mecque. Orphelin très jeune, il est recueilli par son grand-père 'Abd al-Muttalib, puis par son oncle Abû Tâlib. Khadîja, la première femme qu'il épouse, était à la tête d'une riche entreprise de commerce. Chargé de conduire les caravanes, Muhammad sillonne les routes de la péninsule Arabique et des régions limitrophes. Il découvre d'autres cultures, d'autres religions, dont le judaïsme et le christianisme. Il avait pris l'habitude de se retirer dans la grotte de Hirâ', près de La Mecque, pour s'adonner à la méditation. C'est au cours d'une de ces retraites spirituelles, vers 609-610, qu'il reçoit de Dieu l'appel à se consacrer à la prédication des messages divins, ce qu'il entreprend à partir de 613. L'opposition grandissante qu'il rencontre à La Mecque en 615, et le retrait en 619 du soutien que lui accordait son clan l'obligent à négocier son départ (*hijra*, d'où hégire*) pour Yathrib, la future Médine, assisté de ses plus fidèles compagnons. Muhammad s'établit à Médine le 24 septembre 622. Placé à la tête de la communauté musulmane naissante, il s'est impliqué personnellement dans les campagnes militaires. Il livre bataille à ses opposants à Badr (624) et à Uhud (625). Par le traité de Hudaybiya (628), les Mecquois reconnaissent son autorité politique. Il pénètre à La Mecque avec 10 000 hommes en janvier 630. Après avoir conclu des pactes politico-religieux avec la plupart des tribus de la péninsule Arabique et fondé les structures de la communauté musulmane naissante, il décède à Médine le 8 juin 632.

Sa personnalité

Les biographes musulmans de Muhammad insistent sur la noblesse de ses traits de caractère : piété, courage, humilité, douceur, générosité, patience, propension au pardon, inclination à la paix et à la justice, maîtrise de soi, constance. Ils louent sa bravoure dans les luttes et les combats. Muhammad, en tant qu'Élu de Dieu (*Mustapha*, un des noms de Muhammad), est gratifié de toutes sortes de dons, y compris celui d'accomplir des miracles. Des événements spirituels jalonnent sa vie : retraites annuelles, contacts réguliers avec l'ange de la révélation* (Gabriel), ascension mystique initiatique (*isr'â'*) au cours du voyage nocturne à Jérusalem (*mi'râj*) en 620.

Les modalités des révélations

C'est au cours d'une de ses retraites annuelles que Muhammad a reçu les premières révélations, transmises par l'ange Jibrîl (Gabriel). C'était vers 609-610, au milieu de la 17e nuit du mois lunaire, appelé *ramadhan*. Peu de temps après, il a reçu la révélation de l'essentiel du message coranique, sans que les versets* soient alors détaillés. Après une pause de trois années, les révélations ont repris, cette fois verset par verset. Elles survenaient en réponse à des questions précises. La communication des révélations s'est achevée dans les jours qui précédèrent la mort de Muhammad.

Muhammad, l'oral et l'écrit

Un verset du Coran dit : « *Croyez en Dieu et en son Envoyé, le Prophète qui ne sait ni lire ni écrire* » (7,158). Attribué à Muhammad, le qualificatif de *ummî*, traduit habituellement par « illettré », signifie que Muhammad appartenait à un peuple qui jusque-là n'avait jamais été destinataire d'une révélation divine.

La vie de Muhammad est le modèle du comportement spirituel et moral de tout musulman.

L'itinéraire spirituel de Muhammad

« Aux yeux de Dieu, le plus noble d'entre vous est le plus pieux »
(parole du prophète* Muhammad).

Le rejet des pratiques idolâtriques

Le culte des idoles, pratiqué dans tous les milieux de La Mecque, était en pleine décadence à la veille de la prédication du message coranique. Un vent de révolte soufflait contre toutes ces coutumes, y compris dans la famille de Muhammad. Il n'est pas surprenant de voir Muhammad devenir l'ennemi déclaré du culte des idoles.

Les contacts avec les autres religions

Les contacts établis entre les tribus de La Mecque et les tribus juives ou chrétiennes s'étaient multipliés à l'époque de Muhammad. Les chemins empruntés par les caravaniers se rendant en Syrie ou en Irâq étaient jalonnés d'ermitages et de monastères chrétiens. La croyance en un dieu unique (monothéisme*) tout comme les prescriptions rituelles juives ou les pratiques ascétiques des moines chrétiens étaient en partie connues des Arabes de la Péninsule. Au cours d'un voyage caravanier en Syrie, Muhammad avait fait la connaissance d'un moine chrétien nommé Bahîrâ. À la même époque, il s'était lié d'amitié avec Waraqa, cousin de sa première épouse Khadîja, un homme religieux converti au christianisme et versé dans les sciences bibliques.
Les chrétiens que Muhammad a pu fréquenter étaient pour la plupart des adeptes du monophysisme et du nestorianisme, doctrines considérées comme hérétiques par l'Église latine. Les juifs qu'il a rencontrés étaient en majorité dissidents du judaïsme officiel.

Le testament spirituel de Muhammad

Peu de temps avant sa mort, Muhammad s'est rendu à La Mecque pour y accomplir le pèlerinage d'adieu. Son testament spirituel est en partie consigné dans le sermon qu'il a prononcé à cette occasion : *« Hommes ! En vérité, votre Maître est unique ; de même, votre père est unique. Chacun de vous remonte à Adam, et Adam est formé à partir de la poussière de la terre. Aux yeux de Dieu, le plus noble d'entre vous est le plus pieux... »*

Les retraites spirituelles

La tradition musulmane montre Muhammad adonné aux invocations, assidu aux longues prières de veille,

sources et contexte
texte
grandes sections

Muhammad expliquant le Coran aux premiers convertis.

fidèle aux prescriptions du jeûne. Devenu adulte, il avait pris l'habitude de se retirer un mois durant dans la caverne de Hirâ', près de La Mecque, pour prier. Il lui est arrivé de recevoir la visite de l'ange Jibrîl (Gabriel). C'est au cours d'une de ces retraites que Muhammad a reçu les premières révélations* coraniques (Coran 74,1-7).

L'initiation mystique

Dans le parcours spirituel de Muhammad, l'investiture prophétique n'a pu se concevoir qu'au terme d'une initiation mystique conséquente. À deux reprises, en 53,1-18 et 81,15-29, le Coran mentionne l'expérience de vision mystique dont a bénéficié Muhammad. La tradition musulmane atteste que Muhammad a connu une triple initiation mystique sous forme de « purification du cœur » : dès son plus jeune âge, puis au moment des premières révélations (Coran 74,1-7), et enfin au cours de son ascension mystique au ciel lors du voyage nocturne à Jérusalem.

> Muhammad n'a pu recevoir l'investiture prophétique qu'au terme d'une initiation spirituelle conséquente et d'un parcours mystique.

Les pratiques rituelles de la prière

À partir de 622, date de l'hégire*, la communauté musulmane fixée à Médine se dote de nouveaux rites* de prière. Jusque-là, Muhammad et les convertis priaient deux fois par jour, le matin et le soir. Une troisième prière fut ajoutée, placée au milieu du jour. Il fut aussi décidé de s'orienter vers La Mecque pour prier. Avant l'édification de la première mosquée de Médine, les musulmans priaient avec Muhammad dans un *musallâ* (oratoire), situé dans la demeure où il résidait.

La révélation en islam

L'islam considère que chaque exemplaire du Coran est un fragment de la parole de Dieu. Lorsqu'un livre, un journal ou un document cite des versets coraniques, il convient de l'entourer du plus grand respect et d'éviter de le jeter ou de le détruire.

L'islam et le caractère révélé du Coran

On dit d'un écrit qu'il est révélé lorsqu'une origine surnaturelle lui est attribuée. En arabe, la révélation* se dit *wahy*, tandis que le processus de sa transmission est appelé *tanzîl* (« descente »). Pour la théologie* musulmane, le Coran se présente comme :

– la parole de Dieu (*kalâm Allâh*) authentique destinée à être annoncée à l'humanité entière ;

– dont l'original (ou archétype) est conservé auprès de Dieu dans une « matrice » du livre sacré (*umm al-kitâb* ; sourate* 43,4), transcrit sur une surface réverbérante (*law mahfûz* ; 85,22) préservée de toute altération ;

– cette parole a été révélée en vue d'être déposée miraculeusement par l'ange Jibrîl (Gabriel) dans le cœur de Muhammad, le messager (*rasûl*) de Dieu, d'abord dans sa globalité au cours d'une expérience mystique d'une intensité exceptionnelle (vers 609-610) ; puis verset* par verset sur une période de 23 années ;

– le contenu de ces versets et sa formulation en langue arabe sont indissociables ; ils font partie intégrante de la révélation ;

– la forme littéraire dans laquelle ce message a été transmis est inimitable et insurpassable ;

– dicté par Muhammad à ses compagnons et à ses scribes, ce message a été scrupuleusement consigné ;

– c'est par sa récitation psalmodiée qu'on adore Dieu et en suivant ses prescriptions qu'on obtient la félicité future dans le paradis.

« Il s'agit de se rappeler que le Coran a été révélé sur vingt-trois années, qu'il y eut la période mecquoise et la période médinoise, que certains versets répondent à des événements circonstanciés, que tel verset précède tel autre, que certaines interdictions ont été révélées par étapes […], qu'enfin, l'absolu message révélé est sujet à une interprétation tenant compte du moment historique – et donc relatif – qui lui donne sens. »
Tariq Ramadan (universitaire, petit-fils de Hassan al-Banna), ***Islam, le face-à-face des civilisations. Quel projet pour quelle modernité ?***

Ces sept principes forment la trame de tous les argumentaires de la théologie musulmane lorsqu'il s'agit d'affirmer l'origine divine indubitable du Coran. Toute possibilité d'intervention humaine dans la rédaction du texte* révélé est ainsi exclue. Sur ce point, l'islam se démarque nettement du judaïsme et du christianisme pour qui chacun des livres qui composent la Bible porte la marque de son auteur sacré inspiré* par Dieu.

L'archange Gabriel révélant la 8e sourate à Muhammad.

Les différents noms du Coran

Le mot français Coran vient de l'arabe *qur'ân*, terme qui est lui-même dérivé du syriaque *keryânâ* qui signifie « proclamation d'une lecture ». *Qur'ân* apparaît 70 fois dans le Coran avec le double sens de « contenu » de la révélation faite à Muhammad et de « corpus » (recueil) de ces révélations. Après la mort de Muhammad, lorsque la compilation des différentes copies du Coran est entreprise, le terme de *mushaf** se généralise pour désigner les exemplaires du Coran écrit. L'usage veut que le mot Coran soit accompagné d'épithètes : *qur'ân majîd* (« Coran glorieux » ; 50,1), *qur'ân karîm* (« Coran noble » ; 56,77).

Les synonymes les plus fréquents de « Coran » sont : *buchrâ* (« bonne nouvelle »), *dhikr* (« rappel »), *furqân* (« discernement »), *hudân* (« voie », « direction »), *kalâm* (« énoncé »), *kitâb* (« livre », « écriture »), *qawl* (« parole »). Tous figurent dans le Coran.

Le Coran représente pour les musulmans la parole de Dieu révélée en arabe au prophète* Muhammad par l'ange Gabriel, verset par verset, au cours des vingt-trois années de sa mission.

Coran, Sunna et hadîth

Pour faire la juste distinction entre l'autorité des révélations* coraniques et le statut de la Sunna, seconde source de l'islam, il s'avère indispensable de préciser quelques notions d'ordre théologique et juridique.

Petit glossaire de la tradition en islam et de ses sources

Coran : source principale de l'islam. Il représente, pour les musulmans, la parole de Dieu révélée en arabe au prophète* Muhammad par l'ange Gabriel, verset* par verset, au cours des 23 années de sa mission (v. 609-610 à 632).

Sunna (« conduite », « règle ») : seconde source canonique majeure de la religion musulmane ; elle comprend l'ensemble des traditions remontant au prophète Muhammad, à ses compagnons et aux membres de sa famille, et qui rapportent ses paroles, ses actes, ses décisions, ses approbations et ses désapprobations explicites ou tacites.

Hadîth (« tradition narrative », « nouvelle ») : chacune des traditions de la Sunna, dûment recensée, authentifiée et répertoriée, et qui confirme, précise ou complète les normes coraniques en vue de leur mise en pratique.

Hadîth qudsî (« hadîth saint ») : hadîth qui renferme des paroles attribuées à Dieu.

Shar' (« voie ») : loi divine islamique révélée et sacrée, comprise comme une voie bien établie et clairement définie.

Sharî'a : la loi divine islamique dans ses applications canoniques concrètes, codifiée par les maîtres du droit musulman en un corps de doctrines, de règles et de normes, auxquelles tous les musulmans sont tenus de se soumettre.

Sîra : recueil des traditions orales biographiques consacrées aux faits et gestes du prophète Muhammad, et collectées entre 630 et 770.

L'autorité respective du Coran et de la Sunna

Pour les musulmans, le Coran, source principale de la législation islamique, est revêtu d'une autorité infaillible. La Sunna, seconde source normative, jouit en fait de la même autorité que le Coran. Un verset coranique le dit clairement : « *Ceux qui obéissent au Prophète obéissent à Dieu* » (sourate* 4,80 ; 8,20).

Coran et Sunna

Pour Saïd Ramadan, spécialiste de droit islamique, il y a une distinction fondamentale à opérer « *entre le Coran, qui est la lettre et l'esprit de la Volonté de Dieu, et la Sunna, qui est l'explication humaine, bien que prophétique, du Coran par Muhammad. Cette dernière, par sa nature même, avait pour but de rendre la Révélation claire pour les hommes par l'intermédiaire d'un homme* » (*La Sharî'a. Le droit islamique, son envergure et son équité*).

Coran et *hadîth qudsî*

Le hadîth se présente sous la forme d'un exposé bref et concis émanant du prophète Muhammad. Les hadîths les plus connus dans l'islam sunnite* figurent dans six recueils canoniques mis en forme par des auteurs du IXe siècle : Bukhârî, Muslim, Abû Dawûd, Tirmidhî, Nisâ'î et Ibn Mâja. Le *hadîth qudsî* jouit d'une autorité particulière du fait qu'il s'agit d'une parole prononcée par Muhammad, mais où Dieu s'exprime à la première personne, comme dans un oracle. Selon la tradition musulmane, seul le contenu de ces paroles est d'origine divine. La forme littéraire dans laquelle elles sont consignées n'importe pas, contrairement au Coran où le contenu des versets est inséparable de sa formulation littéraire : tous deux procèdent de la même origine divine.

Hadîth et *hadîth qudsî*

Un exemple de hadîth : « *Aucun d'entre vous n'est un véritable croyant tant qu'il n'aime pas pour son frère ce qu'il aime pour lui-même.* »
Un exemple de *hadîth qudsî* : « *Le Messager de Dieu a dit : "Lorsque Dieu décréta d'entreprendre la création, il fit ce serment qu'il consigna dans le Livre qu'il garde auprès de lui : ma Miséricorde prévaut sur ma colère."* »

Un certain nombre d'enseignements attribués au prophète Muhammad et consignés dans la tradition musulmane contiennent des paroles divines. Leur autorité est estimée équivalente à celle des versets coraniques.

La fixation du canon de 'Uthmân

Le texte coranique que nous connaissons aujourd'hui dans sa forme la plus répandue, à savoir la recension* de 'Uthmân, n'a pas subi d'altérations majeures au cours des phases de sa compilation et de sa diffusion. Mais que sont devenus les témoins* écartés du canon 'uthmanien ?

Canon

Canon* vient du grec *kanôn* (« règle »), qui est lui-même dérivé de l'hébreu *qaneh* (« roseau », « canne »). L'étalon servant à mesurer les longueurs était appelé « *kaneh* ». En exégèse*, ce terme désigne l'ensemble des éléments d'un texte* sacré reconnus comme révélés et auxquels il faut accorder une valeur normative. Ces écrits sont dits « canoniques ».

Mémoire orale et mémoire écrite

Selon la tradition musulmane, Muhammad aurait contrôlé personnellement la transcription des versets* du Coran :

– en fixant fidèlement les révélations* dans sa propre mémoire, soumise à la supervision annuelle de l'ange Gabriel ;

– en mandatant un groupe de « récitants » (*huffâz*) pour mémoriser les versets selon les règles de la tradition orale ;

– en confiant à un groupe de 40 scribes la mise par écrit des versets révélés.

Muhammad mourut en ayant mémorisé et dicté toutes les révélations.

Existe-t-il des apocryphes du Coran ?

Un apocryphe (du verbe grec *kryptein*, « cacher ») est un écrit apparenté au genre littéraire d'un texte sacré, mais rejeté par les autorités religieuses en raison de sa non-conformité avec le canon des Écritures*.
Entrent dans cette catégorie :
– les textes rejetés au moment de la fixation du canon du Coran, comme par exemple deux sourates (al-Khal' et al-Hafd) qui figuraient dans le codex d'Ubayy et ignorées du canon 'uthmanien ;
– des textes marginaux, composés à la manière de pastiches du texte coranique, et dont le plus connu est la sourate *Les Deux Lumières*, composée dans les milieux shî'ites vers le xe siècle.

La majorité des exégètes musulmans admettent que le classement des versets et des sourates* était alors acquis.

Le regroupement de tous les témoins du texte coranique

Le texte du Coran consigné par les scribes de Muhammad était noté sur des matériaux épars, et les supports utilisés ne permettaient pas de réaliser un codex* : tesson de poterie, nervures médianes de palmes, omoplates de chameau, bandes de cuir. Il a fallu recopier les passages coraniques sur des feuillets, puis les relier par cahiers pour former des codex complets, appelés *mushaf**. Ce travail a été effectué sous le contrôle des compagnons de Muhammad.

La constitution du canon 'uthmanien

La phase de compilation de tous les témoins du texte coranique, appelée *jam' al-Qur'ân* (« assemblage du texte du Coran »), commencée sous le califat d'Abû Bakr (632-634), a pris son essor sous le deuxième calife 'Umar (634-644). Craignant la disparition inéluctable des derniers récitants du Coran, 'Umar chargea Zayd ibn Thâbit (mort en 665), le plus jeune des secrétaires médinois de Muhammad, de regrouper en un codex relié (*mushaf*), tous les feuillets (*suhuf*) dont il était en possession. Sous le califat de 'Uthmân (644-656), face à l'amplification des querelles partisanes, il devenait urgent de procéder à l'inventaire de tous les codex existants pour les confronter. Il a fallu départager 15 codex principaux et 12 codex secondaires. La canonicité fut accordée à la recension médinoise du Coran, avec l'aval de Zayd ibn Thâbit et de Hafsa, une des épouses de Muhammad. Les recensions en usage dans les autres métropoles de La Mecque, de Bassora, de Kûfa et de Damas furent détruites ou brûlées, notamment celles de 'Alî, d'Ubayy et d'Ibn Mas'ûd, dont on sait qu'elles contenaient d'importantes variantes* du texte.

La fixation de la version* canonique du Coran a suscité de longs débats entre récitants, scribes, compagnons du prophète* Muhammad et membres de sa famille. C'est sous le califat de 'Uthmân, vers 655, qu'un consensus fut trouvé.

La liste canonique des sourates

Pour chaque sourate* figurent, dans l'ordre : la numérotation traditionnelle de la sourate, le titre de la sourate en arabe, la traduction du titre adoptée par Denise Masson, l'ordre chronologique de révélation* adopté par la tradition islamique.

1. *al-Fâtiha** (la Fâtiha ; 5e)
2. *al-Baqara* (la Vache ; 87e)
3. *Âl 'Imrân* (la Famille de 'Imran ; 89e)
4. *al-Nisâ'* (les Femmes ; 92e)
5. *al-Mâ'ida* (la Table servie ; 112e)
6. *al-An'âm* (les Troupeaux ; 55e)
7. *al-A'râf* (al-A'raf ; 39e)
8. *al-Anfâl* (le Butin ; 88e)
9. *al-Tawba* (l'Immunité ; 113e)
10. *Yûnus* (Jonas ; 51e)
11. *Hûd* (Houd ; 52e)
12. *Yûsuf* (Joseph ; 53e)
13. *al-Ra'd* (le Tonnerre ; 96e)
14. *Ibrâhîm* (Abraham ; 72e)
15. *al-Hijr* (al Hijr ; 54e)
16. *al-Nahl* (les Abeilles ; 70e)
17. *al-Isrâ'* (le Voyage nocturne ; 50e)
18. *al-Kahf* (la Caverne ; 69e)
19. *Maryam* (Marie ; 44e)
20. *Tâ Hâ* (Ta. Ha. ; 45e)
21. *al-Anbiyâ'* (les Prophètes* ; 73e)
22. *al-Hajj* (le Pèlerinage ; 103e)
23. *al-Mu'minûn* (les Croyants ; 74e)
24. *al-Nûr* (la Lumière ; 102e)
25. *al-Furqân* (la Loi ; 42e)
26. *al-Shu'arâ'* (les Poètes ; 47e)
27. *al-Naml* (les Fourmis ; 48e)
28. *al-Qasas* (le Récit ; 49e)
29. *al-'Ankabût* (l'Araignée ; 85e)
30. *al-Rûm* (les Romains ; 84e)
31. *Luqmân* (Luqman ; 57e)
32. *al-Sajda* (la Prosternation ; 75e)
33. *al-Ahzâb* (les Factions ; 90e)
34. *Saba'* (les Saba' ; 58e)
35. *Fâtir* (le Créateur ; 43e)
36. *Yâ Sîn* (Ya. Sin. ; 41e)
37. *al-Sâffât* (Ceux qui sont placés en rangs ; 56e)
38. *Sâd* (Çad ; 38e)
39. *al-Zumar* (les Groupes ; 59e)
40. *al-Ghâfir* (Celui qui pardonne ; 60e)
41. *Fussilat* (les Versets* clairement exposés ; 61e)
42. *al-Shûrâ* (la Délibération ; 62e)
43. *al-Zukhruf* (l'Ornement ; 63e)
44. *al-Dukhân* (la Fumée ; 64e)
45. *al-Jâthiya* (Celle qui est agenouillée ; 65e)
46. *al-Ahqâf* (al-Ahqaf ; 66e)
47. *Muhammad* (Muhammad ; 95e)
48. *al-Fath* (la Victoire ; 111e)
49. *al-Hujurât* (les Appartements privés ; 106e)
50. *Qâf* (Qaf ; 34e)
51. *al-Dhâriyât* (Ceux qui se déplacent rapidement ; 67e)
52. *al-Tûr* (le Mont ; 76e)
53. *al-Najm* (l'Étoile ; 23e)
54. *al-Qamar* (la Lune ; 37e)

55. *al-Rahmân* (le Miséricordieux ; 97e)
56. *al-Wâqi'a* (Celle qui est inéluctable ; 46e)
57. *al-Hadîd* (le Fer ; 94e)
58. *al-Mujâdala* (la Discussion ; 105e)
59. *al-Hashr* (le Rassemblement ; 101e)
60. *al-Mumtahina* (l'Épreuve ; 91e)
61. *al-Saff* (le Rang ; 109e)
62. *al-Jumu'a* (le Vendredi ; 110e)
63. *al-Munâfiqûn* (les Hypocrites ; 104e)
64. *al-Taghabûn* (la Duperie réciproque ; 108e)
65. *al-Talâq* (la Répudiation ; 99e)
66. *al-Tahrîm* (l'Interdiction ; 107e)
67. *al-Mulk* (la Royauté ; 77e)
68. *al-Qalam* (le Calame ; 2e)
69. *al-Hâqqa* (Celle qui doit venir ; 78e)
70. *al-Ma'ârij* (les Degrés ; 79e)
71. *Nûh* (Noé ; 71e)
72. *al-Jinn* (les Djinns ; 40e)
73. *al-Muzzammil* (Celui qui s'est enveloppé ; 3e)
74. *al-Muddaththir* (Celui qui est revêtu d'un manteau ; 4e)
75. *al-Qiyâma* (la Résurrection ; 31e)
76. *al-Insân* (l'Homme ; 98e)
77. *al-Mursalât* (les Envoyés ; 33e)
78. *al-Naba'* (l'Annonce ; 80e)
79. *al-Nâzi'ât* (Ceux qui arrachent ; 81e)
80. *'Abasa* (Il s'est renfrogné ; 24e)
81. *al-Takwîr* (le Décrochement ; 7e)
82. *al-Infitâr* (la Rupture du ciel ; 82e)
83. *al-Mutaffifin* (les Fraudeurs ; 86e)
84. *al-Inshiqâq* (la Déchirure ; 83e)
85. *al-Burûj* (les Constellations ; 27e)
86. *al-Târiq* (l'Astre nocturne ; 36e)
87. *al-A'lâ* (le Très-Haut ; 8e)
88. *al-Ghâshiya* (Celle qui enveloppe ; 68e)
89. *al-Fajr* (l'Aube ; 10e)
90. *al-Balad* (la Cité ; 35e)
91. *al-Shams* (le Soleil ; 26e)
92. *al-Layl* (la Nuit ; 9e)
93. *al-Duhâ* (la Clarté du jour ; 11e)
94. *al-Sharh* (l'Ouverture ; 12e)
95. *al-Tîn* (le Figuier ; 28e)
96. *al-'Alaq* (le Caillot de sang ; 1re)
97. *al-Qadr* (le Décret ; 25e)
98. *al-Bayyina* (la Preuve décisive ; 100e)
99. *al-Zalzala* (le Tremblement de terre ; 93e)
100. *al-'Adiyât* (les Coursiers rapides ; 14e)
101. *al-Qâri'a* (Celle qui fracasse ; 30e)
102. *al-Takâthur* (la Rivalité ; 16e)
103. *al-'Asr* (l'Instant ; 13e)
104. *al-Humaza* (le Calomniateur ; 32e)
105. *al-Fîl* (l'Éléphant ; 19e)
106. *Quraysh* (les Quraïch ; 29e)
107. *al-Mâ'ûn* (le Nécessaire ; 17e)
108. *al-Kawthar* (l'Abondance ; 15e)
109. *al-Kâfirûn* (les Incrédules ; 18e)
110. *al-Nasr* (le Secours ; 114e)
111. *al-Masad* (la Corde ; 6e)
112. *al-Ikhlâs* (le Culte pur ; 22e)
113. *al-Falaq* (l'Aurore ; 20e)
114. *al-Nâs* (les Hommes ; 21e)

Le Coran est divisé en 114 sections appelées sourates. Celles-ci ne sont pas classées par ordre chronologique, mais selon le critère du nombre décroissant de versets qu'elles contiennent. Les sourates les plus longues précèdent les plus courtes.

Existe-t-il une version shî'ite du Coran ?

Une tradition shî'ite tient pour sûr que 'Alî aurait personnellement mis par écrit le texte intégral du Coran. Ce texte ne sera révélé au monde qu'à la fin des temps.

Le shî'isme

Un certain nombre de musulmans se réclament aujourd'hui du shî'isme, la principale branche non sunnite* de l'islam. Shî'ite est formé à partir de l'arabe *shî'a*, « rassemblement de partisans », en référence aux membres du parti de 'Alî qui se séparèrent des autres musulmans au moment des luttes pour la succession du 3e calife 'Uthmân (mort en 656). Pour les shî'ites, la succession du prophète* Muhammad revient de droit à un membre issu de sa famille ou de sa descendance.

Existe-t-il un codex de 'Alî ?

'Alî, 4e calife (de 656 à 661), cousin et gendre du prophète Muhammad, était l'un des 40 secrétaires de Muhammad. Il savait le Coran par cœur. Muhammad l'aurait personnellement instruit de la forme authentique du texte de chaque verset*, des raisons et du lieu de sa révélation*, et de tous les sens cachés qu'il recélait. À la mort de Muhammad (en 632), 'Alî aurait été détenteur d'un codex* du Coran absolument fiable. Ceux qui ont alors pris la direction historique de l'islam se sont empressés de rejeter cette recension* du Coran sous le califat de 'Uthmân (de 644 à 656).

Les shî'ites et le Coran

Les shî'ites n'oublient pas qu'ils ont été écartés du processus de fixation du canon* du Coran. Malgré cela, ils adhèrent à la vulgate 'uthmanienne à laquelle ils se réfèrent pour l'étude et la prière. Ils interprètent le Coran en distinguant deux sens : le sens littéral, et le sens caché – ou ésotérique* – connu des seuls savants initiés.

Ce que l'on sait du codex de 'Alî

Il n'existe plus de traces d'un manuscrit* intégral d'un codex attribué à 'Alî, hormis quelques allusions à des variantes* qui lui seraient propres. En revanche, il est acquis que 'Alî avait classé les sourates* selon l'ordre chronologique de leur révélation. Plusieurs traditions exégétiques pensent que pour ce classement, les sourates* auraient été réparties en 7 sections. À la tête de chacune d'entre elles était placée l'une des 7 sourates médinoises les plus longues (sourates 2, 3, 4, 5, 6, 7, 8). Chaque section portait le nom de la sourate introductive, et comptait invariablement 886 versets. Ainsi, la section appelée *al-Baqara* était formée de la sourate *al-Baqara* (2e sourate) suivie des sourates 12, 29, 30, 31, 41, 51, 76, 32, 79, 81, 82, 84, 87, 98, soit un total de 886 versets. Les sourates 1 (sourate *al-Fâtiha**), 13, 34, 66 et 96 ne figuraient pas dans ce regroupement.

Les shî'ites aujourd'hui

Ils représentent environ 16 % de la communauté musulmane. Ils sont installés, pour la plupart, au Proche-Orient (Liban, Syrie, Turquie) et au Moyen-Orient (Iran, Iraq, Yémen).

Les interprétations shî'ites du Coran

L'interprétation* du Coran pratiquée dans le shî'isme se réclame des recensions du Coran effectuées par 'Alî, Ubayy et Ibn 'Abbâs. Pour les shî'ites, la recension 'uthmanienne du Coran a délibérément supprimé toute allusion aux privilèges de 'Alî et de sa famille (par rapport aux autres compagnons du prophète), autrement dit les *ahl al-bayt* (« gens de la maison »). Ce sont les 13 proches parents et descendants du prophète Muhammad ('Alî, les 11 autres imams* shî'ites et Fâtima).

Pour les exégètes* shî'ites, la formule « c'est là le chemin droit », fréquente dans le Coran, aurait été amputée de la mention de 'Alî. Il faudrait lire : « Ce chemin de 'Alî est le chemin droit » (par ex. en 3,51). De même, le célèbre verset de la purification (*âyat* al-tathîr*) s'appliquerait aux *ahl al-bayt* du shî'isme. Il attesterait leur suprématie et leur infaillibilité : « *Ô vous, les gens de la Maison ! Dieu veut seulement éloigner de vous la souillure et vous purifier totalement* » (sourate 33,33). Les versets 3,61, 33,23, 33,56 et 76,5-22 font l'objet de la même interprétation. Les versets 5,55-56 et 5,67 annonceraient la primauté de 'Alî pour l'accès au califat.

Les shî'ites estiment que le Coran a subi des altérations notoires au cours des premières décennies de l'islam. Mais en pratique, ils se réfèrent à la vulgate* du Coran en usage dans le reste du monde islamique.

Les manuscrits et les éditions

À l'exception de quelques fragments manuscrits remontant à la fin du VIIe siècle, il n'existe plus de copies intégrales du Coran contemporaines de la première génération de l'islam.

La codification des lectures canoniques du Coran

Le texte* de la recension* 'uthmanienne du Coran n'était pas vocalisé. C'est al-Hajâj, gouverneur d'Irâq (694-714), qui a fait introduire les signes vocaliques. Des divergences demeuraient à propos de la manière de lire la vocalisation de nombreux passages. Sous l'impulsion d'Ibn Mujâhid, un des spécialistes en sciences de lecture coranique, un consensus s'établit en l'an 943 autour de sept systèmes de lecture incluant les variantes* admises. Ce sont ceux de Nâfi' (mort en 785), d'Ibn Kathir (mort en 737), d'Abû-'Amr ibn al-'Ala (mort en 770), d'Ibn 'Amir (mort en 736), de 'Asim ibn Abî al-Najud (mort en 744), de Hamza ibn Habîb (mort en 772), d'al-Kisay (mort en 804).

Les manuscrits

Tous les manuscrits* découverts à ce jour sont répertoriés et catalogués. Mais leur classification, leur généalogie et leur chronologie ne sont pas encore établies scientifiquement. Les paléographes ont réparti ces témoins* en deux groupes, suivant qu'ils proviennent du Hijaz (La Mecque et Médine) ou d'Irâq (Bassora et Kûfa).

Les manuscrits antérieurs à l'an 1000

Les manuscrits originaux du codex* 'uthmanien n'existent plus. Quelques fragments de copies sont datés de la fin du VIIe siècle ou du début du VIIIe siècle. Mais il n'y a pas unanimité pour dire d'un manuscrit complet du Coran qu'il soit le plus ancien.

Petit glossaire de la critique textuelle

Codex : manuscrits reliés en cahiers pour former un seul volume.
Recension : révision complète d'un texte en vue d'en faire un texte de référence.
Témoins : toutes les copies d'un texte, antérieures à l'invention de l'imprimerie et tirées de manuscrits, de citations ou de versions* (traductions).
Variante : manière différente de rendre un passage d'un texte.
Version : traduction d'un écrit (les versions anciennes sont antérieures à l'an 1000).
Vulgate : version officielle la plus répandue d'un texte sacré.

Les manuscrits anciens antérieurs à l'an 1000 ont été datés et catalogués par les paléographes du début du siècle. Ce sont, notamment :
– à Paris : le n° 336 (datation : vers l'an 844) ; le n° 358 (v. 913) ; le n° 376 (v. 977) ;
– au Caire : le n° 387 (v. 785) ; le n° 33 910 (v. 884) ; le n° 388 (sans date) ;
– à Istanbul : le n° 21 (v. 949).
Les critères de classification et de datation de ces manuscrits sont aujourd'hui contestés.
Des auteurs musulmans pensent que le manuscrit dit de Samarkand conservé à Tachkent serait le codex de 'Uthmân (*voir* pp. 12-13). Ce document est ancien. Mais le style de sa calligraphie est trop composite pour être le codex de 'Uthmân ou une de ses copies.

Les premières éditions imprimées

Les premières éditions imprimées du Coran ont été réalisées à Hambourg en 1694 et à Saint-Pétersbourg en 1787. Avec l'édition de Kazan (1803), apparaissent les premiers grands tirages. Les premières éditions lithographiées voient le jour en Iran – à Téhéran en 1828 et à Tabriz en 1832 –, en Inde et en Turquie – à Istanbul en 1877.

Recensions les plus courantes aujourd'hui

Deux recensions de la vulgate* 'uthmanienne font autorité aujourd'hui :
– celle qui suit la lecture de Nâfi', avec pour transmetteurs Warsh (mort en 812) et Qâlun (mort en 835), et qui est répandue en Afrique ;
– celle qui suit la lecture de 'Asim, avec pour transmetteurs Shu'ba (mort en 809) et Hafs (mort en 805), et qui est diffusée en Égypte et dans toutes les autres parties du monde.
La lecture de 'Asim est reproduite dans l'édition dite du Caire ou du roi Fu'âd. Elle est incontestablement la plus répandue dans le monde musulman. Cette édition date du 10 juillet 1924 et a été réalisée au Caire (en Égypte) sous le roi Fu'âd Ier (1922-1936).

Après avoir fait l'inventaire des variantes contenues dans les anciennes recensions du Coran, les exégètes du Xe siècle ont retenu comme canoniques sept systèmes de lecture. Deux d'entre eux ont aujourd'hui la faveur des éditeurs musulmans.

La langue et le vocabulaire

La religion musulmane considère que la langue arabe coranique a un statut de langue sacrée, puisqu'elle est la langue de la révélation*. Elle affirme que dans le Coran, la langue arabe a été amenée à une perfection qui ne sera plus jamais égalée (sourates* 16,103 et 10,38).

Le Coran et la langue arabe

La langue originelle du Coran est l'arabe. L'arabe appartient à la branche méridionale de la famille des langues sémitiques à laquelle sont rattachés le sud-arabique et l'éthiopien. La branche nord-ouest est formée de l'hébreu, de l'ugaritique et de l'araméen. Les récits assyriens de batailles contre les « Arabî » attestent qu'il existait un parler arabe vers les VIIIe-VIIe siècles av. J.-C. Les plus anciennes inscriptions en écriture arabe remontent au IIIe siècle apr. J.-C. Elles figurent sur le mur du temple de Ramm au Sinaï. Des passages entiers de la Bible ont été traduits et écrits en arabe un siècle avant l'avènement de l'islam. Enfin, la langue arabe était pratiquée, sous forme dialectale et littéraire, par des poètes des tribus de la péninsule Arabique – dont la tribu de Quraysh –, dès la fin du VIe siècle apr. J.-C. Avec le Coran, la langue arabe est érigée en langue littéraire de haut niveau. Elle se répand très vite au sein de toutes les tribus s'exprimant dans l'un des parlers arabes. Elle connaît par la suite une diffusion qui n'aura plus de limites.

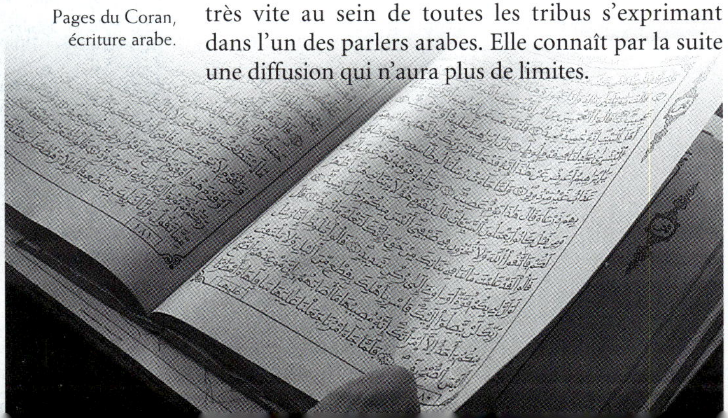

Pages du Coran, écriture arabe.

Les traits spécifiques de la langue arabe

La langue arabe s'écrit de droite à gauche et comporte 28 lettres. Dans la langue écrite, on ne note que les consonnes. La seule exception est le texte* coranique, qui est vocalisé. Le vocabulaire arabe est riche et nuancé. Il est formé grâce à de multiples procédés de dérivation à partir de racines verbales. La conjugaison arabe ignore le temps présent.

L'arabe coranique

Il s'apparente aux parlers des tribus de la péninsule Arabique. Il s'en distingue cependant par un rythme plus cadencé et des tournures de phrase plus littéraires. Le vocabulaire coranique comporte un noyau d'une centaine de mots « outils » qui couvrent plus des deux tiers du texte du Coran. En font partie, par exemple, tous les mots dérivés de la racine *q-w-l* (« dire ») cités à plus de 2 000 reprises dans le Coran. Autour de ce vocabulaire de base gravitent des milliers de mots capables d'exprimer une multitude de notions.

Environ 275 termes d'origine grecque, copte, persane, éthiopienne, indienne, syriaque, hébraïque, nabatéenne sont signalés dans le Coran. S'ils sont employés dans leur sens originel, le Coran se contente de les transcrire. C'est le cas de *firdaws* (« paradis » ; sourate 23,11), qui est la transcription du grec *paradeisos*. Il arrive aussi que le Coran donne un sens nouveau à des mots étrangers. On le vérifie avec *fâtir*, d'origine hébraïque, qui a le sens de « créateur » dans le Coran.

Beaucoup d'éléments du vocabulaire arabe préislamique ont été adoptés par le Coran. Dans leur grande majorité, ces termes servaient à désigner les activités de la vie quotidienne. Dans le Coran, ils ont intégré la sphère du vocabulaire religieux. On le vérifie à propos de *muslim*. Son sens originel en arabe est « soumis à quelqu'un » alors que dans le Coran il signifie « croyant soumis aux préceptes divins » (sous-entendu de l'islam). Le mot français « musulman » est dérivé de *muslim*.

Les mots rares dans le Coran

Entre 400 et 500 termes ne figurent qu'une seule fois dans le Coran. Ils appartiennent pour la plupart au vocabulaire spécialisé. On est surpris de voir que des mots aussi courants que *ramadan* n'apparaissent qu'une seule fois dans le Coran, à la sourate 2,185.

Malgré ses liens étroits avec les parlers arabes préislamiques, le texte du Coran se présente sous une forme littéraire originale.

Structure du texte et divisions

Le texte* coranique compte 114 sourates, 6 236 versets, 79 934 mots et 304 740 lettres.

Les versets

Le verset est la plus petite unité textuelle du Coran. Cette unité est appelée *âya**, ce qui signifie à la fois « signe, prodige et témoignage ». L'islam considère chaque verset coranique comme une manifestation miraculeuse de Dieu (3,108). La division en versets est ancienne. L'attribution d'un numéro est intervenue plus tard, vers la fin du IXe siècle. La version* dite du Caire (1924) compte 6 236 versets. Des orientalistes contemporains comme Flügel ou Blachère utilisent une numérotation différente. L'étendue des versets oscille entre un ou deux mots (premier verset de la sourate* 103) et 130 mots (verset 282 de la sourate 2). Les versets de la période mecquoise sont plus concis que les versets de la période médinoise. Plusieurs versets portent un nom, comme le verset de la Piété (2,177), le verset du Trône (2,255), les versets de la Lumière (24,35-36).

La classification des sourates selon le critère de leur étendue :

- les sourates longues (entre 75 et 286 versets) : 2 à 10 ;
- les sourates moyennes (entre 34 et 227 versets) : 11 à 35 ;
- les sourates courtes (moins de 100 versets) : 36 à 49 ;
- les sourates très courtes (moins de 50 versets) : 50 à 114 (les plus utilisées dans la prière).

Les sourates

Sourate vient de l'arabe *sûra* (littéralement « muraille »). Ce sont les 114 sections du Coran – à ne pas confondre avec des chapitres – où ont été regroupés les versets devant former un ensemble. Leur longueur oscille entre 3 versets pour la plus courte (sourate 108) et 286 versets pour la plus longue (sourate 2). Les sourates étendues précèdent les sourates courtes, selon un ordre décroissant. Chaque sourate porte un nom formé à partir d'un mot-clé permettant d'identifier la sourate. Il peut s'agir du nom d'un personnage (sourate 71, Noé), d'un groupe (sourate 30, les Romains), ou d'un thème (sourate 22, le Pèlerinage). À l'exception de la sourate 9 (l'Immunité), toutes les sourates commencent par la *basmala*, qui est la formule d'invocation du nom divin : « *Au nom de Dieu : Celui qui fait miséricorde, le Miséricordieux.* » Vingt-neuf sourates se présentent avec un en-tête composé de combinaisons obtenues à partir de 14 lettres de l'alphabet.

Les découpages liturgiques

Pour faciliter son apprentissage ou sa lecture, le coran est divisé en 7 sections (*manzil*) d'égale longueur pour une lecture en une semaine, et en 30 sections (*juz'*) pour une lecture en un mois. Chaque *juz'* est lui-même subdivisé en deux parties, appelées *hizb*, et chaque *hizb* en 4 quarts.

Les annotations

En plus des principales divisions en *juz'* et en *hizb*, les corans édités aujourd'hui comportent des annotations qui indiquent la période de révélation* de la sourate (à La Mecque ou à Médine), la progression de la psalmodie et les passages où il est prescrit de se prosterner (*sajda*).

La manière de citer un passage du Coran

Quand ils citent un verset coranique, les musulmans le lisent ou l'écrivent dans son intégralité, sans l'amputer d'un élément. Les sourates sont désignées par leur nom, et non par leur numéro. Toute citation du Coran est introduite par la formule *qâlaTa'âla* (« Dieu Très-Haut dit... »). Dans les ouvrages religieux, les citations sont mises en évidence grâce à l'emploi de caractères gras et de parenthèses. À titre d'exemple, le verset 5 de la sourate 93 sera cité de la manière suivante : « *Ton Seigneur t'accordera bientôt ses dons et tu seras satisfait* » (*al-Duhâ*, 5). On indiquera sa référence ainsi : *al-Duhâ*, 5. Les exégètes* modernes formés en Occident écriront : Coran 93,5 ou sourate 93,5 ou 93,5 ou XCIII, 5. Pour citer une section formée de plusieurs versets, on procède ainsi : 94,1-4, ce qui signifie : sourate 94, du verset 1 au verset 4.

Toutes les éditions modernes du Coran adoptent un système identique de division du texte en sourates et en versets. D'autres découpages existent, en fonction de l'usage liturgique.

Style et composition

Par le rythme qui l'anime et les figures de style qu'il met en œuvre, le Coran a eu, dès les origines, la réputation de charmer le lecteur. À condition qu'il le lise en arabe.

L'islam et l'analyse rhétorique du Coran

Les réticences des autorités religieuses musulmanes à l'égard de l'analyse rhétorique* sont fondées sur l'idée que le Coran est tout entier parole divine. S'engager dans une analyse rhétorique, c'est admettre l'existence de matériaux rédactionnels dans le Coran.

La position de l'exégèse musulmane

Pour les exégètes* musulmans, le Coran n'est ni de la prose ni de la poésie. Ils admettent comme seul procédé littéraire les césures répétées en fin des versets*, les *fawâsil.* En fait, comme tout écrit sacré, le Coran use des procédés habituels de la composition littéraire. Cependant, la plupart des manuels de sciences coraniques distinguent quatre genres littéraires dans le Coran : les récits (histoire des prophètes*, des peuples, événements de la vie de Muhammad) ; les comparaisons et les paraboles* ; les passages avec « *qul !* » (« dis... ! ») par lesquels Dieu intime un ordre à Muhammad ; les serments.

Les genres littéraires

Les critères de l'analyse textuelle nous permettent de relever dans le Coran sept genres littéraires principaux :
– les récits (construction de la Ka'ba* par Abraham en 2,124-141 ; le déluge en 11,36-48 ; l'histoire de Joseph en 12 ; des hommes de la Caverne en 18,9-26 ; des sept peuples châtiés en 26,10-191) ;
– les exhortations (3,130-137 ; 63,9-11 ; 68,35-52) et les malédictions (adressées aux juifs et aux chrétiens en 5,59-71, par exemple) ;
– les enseignements, présentés sous forme de sermons (enseignement sur la toute-puissance de Dieu en 7,54-58, sur la résurrection en 75, sur l'homme en 76, sur les fins dernières en 84) ;
– les codes religieux (prescription de la prière en 2,238-239, de l'aumône en 2,261-274, du jeûne en 2,183-185, du pèlerinage en 2,196-203) ;

– les hymnes et les prières (notamment toute la sourate* 1, *al-Fâtiha**, ainsi que les sourates 113 et 114 ; la prière des croyants en 2,285-286 et 3,191-194, de Joseph en 12,101, d'Abraham en 26,83-89, de Jésus en 5,114) ;
– les séquences de sagesse (parabole des arbres en 14,24-27, de la lampe en 24,35-42, de la cité incroyante en 36,13-29, du jardin flétri en 68,17-33) et les sentences (entre autres : 24,64 ; 28,88 ; 54,54-55) ;
– les confessions de foi (3,84 ; 7,54 ; 59,22-24).

Dans la Bible, les genres littéraires sont en principe isolés les uns des autres, tandis que dans le Coran, ils sont systématiquement combinés. Il est fréquent de voir plusieurs genres littéraires alterner dans la même sourate.

Les procédés littéraires coraniques

Considéré sous l'angle de sa forme littéraire, le Coran se présente avant tout comme une prédication. D'où le nombre important d'exhortations, c'est-à-dire d'invitations – on devrait dire de mises en demeure – à suivre la bonne direction.

Comme les autres livres sacrés, le Coran met en œuvre les procédés littéraires :
– du parallélisme (début de la sourate 57,1-6 : « *Il fait vivre et il fit mourir...* »),
– de la rime (en 112,1-4, la répétition de la finale *-ad* ; sur les 176 versets qu'elle compte, la sourate 4 en fait terminer 175 par le suffixe *-ân*),
– du refrain (la formule « *Quel est donc celui des bienfaits de notre Seigneur que, tous deux, vous nieriez ?* » est répétée 37 fois dans la sourate 55),
– de la répétition (dans la *Fâtiha*),
– du dialogue (histoire de Moïse en 7,104-176),
– de l'encadrement : un nombre important de sourates sont introduites ou conclues par des sentences, des antiennes ou des invocations (« *Gloire à Dieu, à qui appartient ce qui est dans les cieux sur la terre ! Gloire à lui dans la vie future* », en 34,1 ; « *Paix aux Prophètes ! Louange à Dieu, le Seigneur des mondes !* », en 37,181-182).

Comme tous les textes* sacrés, le Coran contient des récits, des codes religieux, des hymnes, et des enseignements.

La Fâtiha

Les commentateurs sont unanimes à dire que la Fâtiha contient en ses sept versets le résumé de tout le Coran.

Les groupes mentionnés dans la Fâtiha

La majeure partie des commentaires* les plus autorisés en islam, à de rares exceptions près, identifient « *ceux que tu as comblés de bienfaits* » aux musulmans (c'est-à-dire les fidèles qui se soumettent à Dieu et obéissent à son prophète Muhammad), « *ceux qui encourent la colère de Dieu* » aux juifs, les « *égarés* » aux chrétiens (verset 7).

Texte

1. « *Au nom de Dieu :*
Celui qui fait miséricorde,
le Miséricordieux.
2. *Louange à Dieu,*
Seigneur des mondes :
3. *Celui qui fait miséricorde, le Miséricordieux,*
4. *le Roi du Jour du Jugement.*
5. *C'est toi que nous adorons, c'est toi dont nous implorons le secours.*
6. *Dirige-nous dans le chemin droit :*
7. *le chemin de ceux que tu as comblés de bienfaits ; non pas le chemin de ceux qui encourent ta colère ni celui des égarés.* »

Les différents intitulés de la première sourate

La Fâtiha* est appelée tantôt :
– *fâtihat al-kitâb* : « ouverture du Livre »,
– *umm a-Qur'ân* : « en-tête du Coran » (littéralement : « mère du Coran »),
– *al-sab' al-mathâni* : « les sept répétées », en raison des sept versets* qu'elle contient, et de leur récitation répétée dans la prière.

Ordre chronologique dans la révélation

Les exégètes* musulmans situent sa révélation* au début de la prédication de Muhammad à La Mecque, soit vers 610-611. Elle aurait été révélée en 5e position, après les sourates* 96 (1re révélée), 68 (2e), 73 (3e) et 74 (4e). Les exégètes occidentaux, comme Nöldeke, estiment qu'elle a été révélée à la fin de la première période mecquoise ; selon leur chronologie, elle serait la 48e dans l'ordre de la révélation.

Structure

La Fâtiha reproduit la structure commune à toute prière. On y distingue sept éléments regroupés en trois sections :

– trois invocations (versets 2 à 4), par lesquelles le musulman se tourne vers Dieu ; il fait mention de sa présence, reconnaît ses qualités et ses attributs divins ;
– l'adoration (verset 5), qui introduit une relation de réciprocité entre l'homme et Dieu, l'adoration étant une démarche humaine et le secours une démarche divine ;
– une triple demande d'assistance (versets 6 et 7), où l'homme invite Dieu à l'aider à se rapprocher de lui ; trois catégories de groupes humains sont mentionnées.

La Fâtiha dans la vie du musulman

La Fâtiha est l'élément central de la prière musulmane. Omettre de la réciter rend la prière invalide. Le musulman pratiquant la prononce au moins 17 fois par jour : deux fois à la *salât* (« prière ») du matin, trois fois à celle du coucher du soleil, et quatre fois à chacune des autres prières. Elle est conclue par « *amîn* ». Cette acclamation rappelle « amen » dans la liturgie juive et chrétienne, habituellement traduit par « ainsi soit-il ». *Amîn* signifie en réalité « (je me crois) en toute sûreté », c'est-à-dire « je confirme ma foi en l'exaucement de ma prière », « je ratifie les demandes formulées », « je m'assure qu'aucun malheur ne m'atteindra ». Cette acclamation est communément appelée *khâtam Allâh*, « sceau de Dieu » sur les croyants.

La Fâtiha est récitée à tous les moments charnières de la vie : naissance, mariage, décès, pactes et serments. Il arrive aussi qu'on l'introduise lors de pratiques dévotionnelles, voire dans les exorcismes. La mention des sept lettres de l'alphabet absentes de la Fâtiha (*sawâkhit al-Fâtiha*) fait partie des rituels occultes.

Les auteurs mystiques discernent dans la Fâtiha les sept dons que Dieu a accordés au Prophète*. Chez les maîtres spirituels, le chemin droit (*al-sirât al-mustaqîm*) mentionné au verset 6 représente les trois principales étapes de la progression spirituelle du musulman : louange, adoration, intercession.

La première sourate du Coran, appelée *al-Fâtiha* (« l'exorde »), est l'élément central de la prière musulmane.

Les sourates mecquoises

Une sourate est dite mecquoise si les premiers versets qu'elle mentionne ont été révélés à La Mecque entre 610 et l'hégire* de 622, même si elle renferme par ailleurs des versets révélés à Médîne.

Pèlerinage à la grande mosquée de La Mecque aujourd'hui.

Liste des sourates révélées à La Mecque

Selon la classification adoptée par l'édition du Caire dite du roi Fu'âd (1924), 86 sourates* appartiennent à la période mecquoise, selon cet ordre chronologique : 96, 68, 73, 74, 1, 111, 81, 87, 92, 89, 93, 94, 103, 100, 108, 102, 107, 109, 105, 113, 114, 112, 53, 80, 97, 91, 85, 95, 106, 101, 75, 104, 77, 50, 90, 86, 54, 38, 7, 72, 36, 25, 35, 19, 20, 56, 26, 27, 28, 17, 10, 11, 12, 15, 6, 37, 31, 34, 39, 40, 41, 42, 43, 44, 45, 46, 51, 88, 18, 16, 71, 14, 21, 23, 32, 52, 67, 69, 70, 78, 79, 82, 84, 30, 29, 83.

Traits littéraires caractéristiques

Les sourates mecquoises sont brèves, avec des versets* très courts et concis. Elles débutent souvent par des serments. L'emploi de l'imagerie et des formes poétiques est fréquent. Vers la fin de la période mecquoise, le style devient plus prosaïque ; le genre poétique cède le pas aux genres du sermon, du discours et de l'exhortation.

Doctrine

Les sourates révélées à La Mecque reflètent les débuts de la prédication islamique, préoccupée de fonder la foi musulmane, dans sa doctrine et ses normes religieuses. Les premières sourates de cette période s'intéressent d'abord à la justice sociale (cris contre les injustices, 89 ; 90), à la fin du monde (Jour du Jugement, résurrection, rétribution), à la mission de Muhammad (enseigner, prêcher, avertir), à l'unicité de Dieu (Dieu à la fois proche et très grand), aux persécutions. Elles rapportent ensuite d'innombrables récits prophétiques. Elles s'achèvent enfin par l'évocation de la responsabilité de l'homme, créé libre, face à un dieu tout-puissant.

Les premiers versets révélés à La Mecque

Selon l'exégèse* traditionnelle, il s'agit des versets 1 à 8 de la sourate 96 (*al-'Alaq*, « le Caillot de sang »), 1re sourate révélée, qui compte 19 versets :

(1) « *Lis au Nom de ton Seigneur qui a créé !*
(2) *Il a créé l'homme d'un caillot de sang.*
(3) *Lis ! Car ton Seigneur est le Très-Généreux*
(4) *qui a instruit l'homme au moyen du calame*
(5) *et lui a enseigné ce qu'il ignorait.*
(6) *Bien au contraire ! L'homme est rebelle*
(7) *dès qu'il se voit dans l'aisance.*
(8) *Oui, le retour se fera vers ton Seigneur.* »

Les derniers versets révélés à La Mecque

Toujours selon l'exégèse traditionnelle, il s'agit des versets 1 à 6 de la sourate 83 (*al-Mutaffifin*, « les Fraudeurs »), 86e sourate révélée, qui compte 36 versets.

(1) « *Malheur aux fraudeurs !*
(2) *Lorsqu'ils achètent quelque chose, ils exigent des gens une pleine mesure ;*
(3) *lorsqu'ils mesurent ou qu'ils pèsent pour ceux-ci, ils trichent.*
(4) *Ne pensent-ils pas qu'ils seront ressuscités*
(5) *un Jour terrible,*
(6) *le Jour où les hommes se tiendront debout devant le Seigneur des mondes ?* »

Variété de classifications chronologiques

Des auteurs contemporains comme Nöldeke, Bell, Blachère, Schwally ou Weil se fondent sur les sciences du langage et la méthode historico-critique* pour étayer de nouvelles hypothèses de classification des sourates. Ils divisent la période mecquoise en trois phases : 610-615 ; 616-620 ; 621-622. Il y a autant de systèmes de classification que d'auteurs.

Quatre-vingt-six sourates ont été révélées à La Mecque entre 610 et 622. Elles sont les plus courtes, et parlent surtout de la justice, de la responsabilité et de la rétribution.

Les sourates médinoises

Une sourate est dite médinoise si les premiers versets qu'elle mentionne ont été révélés à Médine entre l'hégire* de 622 et la mort du prophète* Muhammad en 632, même si elle contient certains versets révélés à La Mecque.

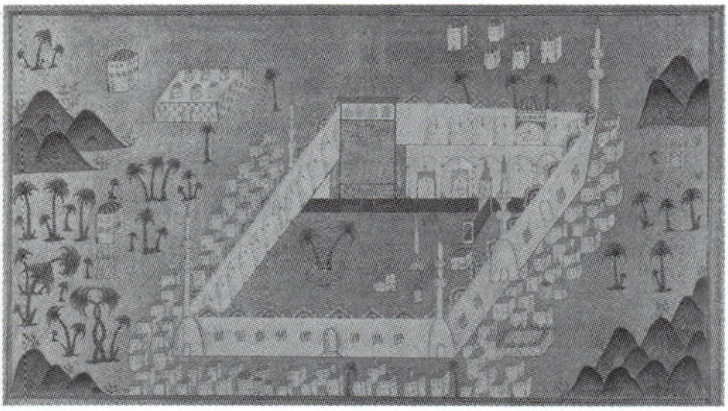

Médine, ville des révélations avec La Mecque.

Liste des sourates révélées à Médine

Selon la classification adoptée par l'édition du Caire dite du roi Fu'âd (1924), 28 sourates* appartiennent à la période médinoise, selon cet ordre chronologique : 2, 8, 3, 33, 60, 4, 99, 57, 47, 13, 55, 76, 65, 98, 59, 24, 22, 63, 58, 49, 66, 64, 61, 62, 48, 5, 9, 110.

Traits littéraires caractéristiques

Les sourates médinoises sont plus étendues que les mecquoises, avec des versets* qui s'étirent davantage. Les dialogues échangés entre Dieu et le prophète Muhammad alternent avec des hymnes, des prédications, des codes religieux, des règles sociales. L'impératif « dis », par lequel Dieu intime à Muhammad l'ordre de diffuser sa prédication, devient de plus en plus fréquent. Le ton est résolument juridique, avec des rappels du genre « *Obéissez à Dieu et à son Envoyé* ».

Doctrine

Les sourates révélées à Médine concernent davantage l'organisation de la vie religieuse, sociale, juridique, politique et économique de la nouvelle communauté. Dieu est présenté comme un dieu à la fois proche

Des versets abrogés dans le Coran ?

Selon le juriste et linguiste Suyûtî (mort en 1505), 21 versets coraniques ont été abrogés par d'autres versets. Ainsi, 33,52 (sévères restrictions pour la polygamie) abroge 33,50 (autorisation de la polygamie).

de son serviteur, et prêt à châtier les impies. Cette période est jalonnée de conflits avec d'autres groupes, que ce soient les « hypocrites » de Médine qui prétendaient soutenir les musulmans, ou des communautés de juifs ou de chrétiens.

Deux sciences coraniques au service de l'interprétation* des versets

La science de la connaissance des circonstances de révélation* des versets (en arabe : *ma'rifat asbâb al-nuzûl*) : à partir des témoignages fournis par les récits des compagnons les plus proches de Muhammad, les exégètes parviennent à cerner les motifs qui ont entraîné la révélation d'un verset, et en déduisent l'étendue de son application.

La science de l'abrogeant et de l'abrogé (en arabe : *al-nâsikh wal-mansukh*) : il arrive que le contenu d'un verset juridique se retrouve dans un verset révélé postérieurement. Dans ce cas, s'il y a un écart entre les deux contenus, celui qui a été révélé en dernier abroge la norme révélée antérieurement.

Les premiers versets révélés à Médine

Selon l'exégèse* traditionnelle, il s'agit de la sourate 2 (*al-Baqara*, « la Vache »), 87e sourate révélée, qui compte 286 versets. Elle débute par ces versets :

(1) « *Alif. Lam. Mim.*

(2) *Voici le Livre ! Il ne renferme aucun doute ; il est une Direction pour ceux qui craignent Dieu,*

(3) *ceux qui croient au Mystère ; ceux qui s'acquittent de la prière ; ceux qui font l'aumône avec les biens que nous leur avons accordés ;*

(4) *ceux qui croient à ce qui t'a été révélé et à ce qui a été révélé avant toi ; ceux qui croient fermement à la vie future.*

(5) *Voilà ceux qui suivent une Voie indiquée par leur Seigneur ; voilà ceux qui sont heureux.*

(6) *Quant aux incrédules : il est vraiment indifférent pour eux que tu les avertisses ou que tu ne les avertisses pas ; ils ne croient pas.* »

Vingt-huit sourates ont été révélées à Médine entre 622 et 632. Elles sont les plus longues, et parlent surtout des normes juridiques et sociales, ainsi que des conflits avec les autres groupes.

Les derniers versets révélés à Médine

Il s'agit, selon l'exégèse traditionnelle, de la sourate 110 (*al-Nasr*, « le Secours »), 114e et dernière sourate révélée, qui compte 3 versets :

(1) « *Lorsque viennent le secours de Dieu et la violence ;*

(2) *lorsque tu vois les hommes entrer en masse dans la Religion de Dieu,*

(3) *célèbre les louanges de ton Seigneur et demande-lui pardon. Il est, en vérité, celui qui revient sans cesse vers le pécheur repentant.* »

Thèmes et doctrine

Il n'est pas une péricope* ni même un seul verset coranique qui ne se réfère à l'une de ces affirmations : Dieu se manifeste, Dieu légifère, Dieu rétribue. À commencer par la Fâtiha* qui en est la synthèse par excellence.

Dieu communique par signes

Le Coran affirme avec conviction la dissemblance entre le créateur et la créature. Un *hijâb* (« voile ») sépare le divin et l'humain (42,51). Pour manifester sa volonté et susciter la foi, Dieu a recours à des signes (*âyât**, 6,95-99).

Sept catégories de manifestations du vouloir divin ont rang de signes :

– la révélation* des noms divins aux hommes, « *les Noms les plus beaux lui appartiennent* » (59,22-24 ; les 99 noms attribués à Dieu),

– la fresque de la création (6,95-99), notamment le mouvement des astres (37,6 ; 85,1), la pluie qui fait reverdir les déserts (20,53-55 ; 27,60) et la création de l'être humain à partir d'argile et de sperme (22,5 ; 96,1-2),

– l'éminente dignité de l'homme (17,70 ; 32,9 ; 82,6-8), institué « vicaire » (*khalîfa*, « lieu-tenant ») de Dieu,

– le vécu des anciens donné en exemple (4,26), en sachant que Dieu a dépêché un prophète* auprès de chaque peuple (10,47),

– le sort des cités rebelles qui, parce qu'elles se sont détournées de la justice, sont anéanties (11,100-102),

– la transmission d'Écritures* révélées à Abraham, Moïse, David, Jésus et Muhammad (4,136),

– la qualité littéraire du Coran jugée inégalable : le dogme le plus intrépide de l'islam est d'affirmer que le Coran est la seule Écriture à être préservée de toute altération (5,48).

La qualification des actes

À partir du Coran et du hadîth*, l'islam a décerné à chaque acte humain et à chaque élément de l'environnement une qualification juridique, suivant qu'ils sont licites (*halâl*) ou illicites (*harâm*) (10,59). L'agir des hommes est évalué selon le quadruple critère de ce qui est juste, honnête, utile et nécessaire.

Dieu promulgue des normes religieuses

Les préceptes coraniques se présentent comme une voie bien jalonnée. Les appliquer, c'est suivre la voie de l'islam. *Islam* veut dire, littéralement, « soumission », « abandon » aux lois de Dieu. L'ensemble de ces lois révélées forme la *sharî'a** (littéralement « chemin bien frayé »). Les normes divines sont spécifiées dans 228 versets* à contenu juridique, soit 3,5 % du texte* coranique. Elles sont disséminées à travers tout le Coran et concernent 7 domaines : le droit de la famille (70 prescriptions), le droit civil (70), le droit pénal (30), les relations internationales (25), les procédures et la juridiction (13), le droit constitutionnel (10), l'économie et les finances (10).

Les normes coraniques, qui peuvent confirmer (2,41) ou abroger (5,15) des lois religieuses antérieures, s'appliquent à tous les secteurs de la vie individuelle et sociale, en n'oubliant jamais que foi et charité vont de pair (2,177) et que Dieu n'impose pas de fardeau démesuré (4,28).

L'étude et l'analyse thématique du Coran

Elles doivent être établies à partir des mots-clés arabes, et non pas de leur traduction. À ce propos, il faut savoir que les écarts des traductions risquent parfois de provoquer de graves confusions. Ainsi, le substantif *mushrikûn* est tantôt traduit par « polythéiste », « associateur », « infidèle », et le verbe *qatala* par « lutter », « combattre », « tuer ».

Dieu rétribue

La perspective d'une rétribution finale sous forme de récompense ou de châtiment renvoie le croyant à ses responsabilités (5,85-86). Les événements de la fin des temps se dérouleront selon cet ordre :

– des signes précurseurs annonceront la fin du monde (56,1-7), puis tout sera anéanti (70,8-9) ; Dieu seul subsistera ;

– interviendra alors la résurrection (23,12-16), suivie du rassemblement de tous les humains (50,41-44) en vue du jugement dernier (39,75) qui se fera selon la pesée des actes humains (99,7-8) ; l'homme se trouvera seul devant Dieu, et aucune médiation n'interviendra (53,38-41) ;

– les justes hériteront des Jardins paradisiaques et verront Dieu (52,17-24) tandis que les pécheurs à qui Dieu n'aura pas fait miséricorde (4,31) seront poussés dans la Fournaise (52,11-14).

Les vérités et les normes contenues dans le Coran visent essentiellement à frapper l'attention des hommes en vue d'orienter leur vie vers les biens ultimes.

Dieu, les personnages et les acteurs

Dans la conception musulmane de la révélation, le Coran est tout entier parole divine. Rien d'étonnant à ce que Dieu soit le premier « acteur » du Coran.

Dieu dans le Coran

Le nom le plus commun de Dieu dans le Coran est Allâh, cité à 2 697 reprises. Allâh est la contraction de *al-ilâh*, « le Dieu ». Dans les langues sémitiques, *ilâh* désigne la divinité. Il est aussi appelé Rabb (« Seigneur »), Rahmân (« Miséricordieux »), le « Très-Haut », voire l'« Inaccessible » (2,255) et le Tout proche de l'homme : « *Nous sommes plus près de lui que la veine de son cou* », dit Dieu en 50,16. En vertu de ses prérogatives, Dieu crée, se révèle, légifère, avertit, sévit, pardonne, juge, rétribue. Son unicité ne supporte ni faille ni contestation. À plusieurs occasions, il est fait allusion aux divinités des panthéons de l'Arabie. Trois d'entre elles sont évoquées en 53,19-20 : al-Lât, al-'Uzza et Manât. La polémique sur les « versets* sataniques » tourne autour de l'interprétation* de ce passage.

Les versets sataniques

Il s'agit d'un ajout aux versets 19 et 20 de la sourate 53 qui évoque trois déesses païennes honorées par les Mecquois. Les versets ajoutés disaient : « *ces êtres ailés sont sublimes et leur intercession est recommandée* ». Ils n'ont pas été incorporés dans le texte coranique car les exégètes estiment que seul Satan a pu les « souffler » à Muhammad.

Les anges, les jinns et Satan

Les anges sont des créatures de lumière, vouées à l'adoration de Dieu et à l'accomplissement de ses sentences. Ils assistent les croyants et consignent leurs œuvres. Jibrîl (Gabriel), l'ange de la révélation*, est le plus connu d'entre eux (2,97). Les jinns sont des êtres créés de feu (55,15 et toute la sourate* 72, *al-Jinn*). Selon 18,50, Iblîs, le Satan (*shaytan* dans le Coran), serait un jinn, alors que 2,34 voit en lui un ange. Depuis son refus de la suprématie d'Adam, Iblîs est devenu le pire ennemi de Dieu et des hommes.

Les prophètes

Selon le Coran, Dieu confie à des hommes des révélations. Il les institue *nabî* (« avertisseurs ») auprès des hommes. Parmi eux, il dépêche des messagers (*rasûl*) chargés de transmettre un livre révélé, comme Abraham, Moïse, David, Jésus et Muhammad.

Vingt-cinq personnages coraniques ont rang de prophète* : Adam, Ayyûb (Job), Dâwûd (David), Dhû al-Kifl, Hârûn (Aaron), Hûd, Ibrâhîm (Abraham), Idrîs (est-ce Enoch ?), Ilyâs (Élie), 'Îsâ (Jésus), Ishâq (Isaac), Ismâ'îl (Ismaël), Lût (Loth), Muhammad, Mûsâ (Moïse), Nûh (Noé), Sâlîh, Shu'ayb, Sulaymân (Salomon), Ya'qûb (Jacob), Yahyâ (Jean-Baptiste), al-Yasa'a (Élisée), Yûsuf (Joseph), Yûnus (Jonas), Zakariyâ' (Zacharie).

Toutes les femmes du Coran

Nombreuses sont les femmes citées dans le Coran : épouses d'Adam, de Noé, d'Abraham, de Moïse, de Pharaon, de Muhammad. La seule femme dont le nom est cité nommément est Marie (Maryam), mère de Jésus. Plus de 30 versets en parlent. La sourate 19 porte son nom.

D'Adam à Jésus

D'Adam à Jésus, les figures prophétiques les plus présentes dans le Coran sont Abraham (cité 69 fois) et Moïse (cité 136 fois). Adam, père du genre humain et des croyants, est le représentant (*khalîfa*, qui a donné « calife ») de Dieu sur terre. Le mérite d'Abraham est d'avoir été le réformateur du culte monothéiste à La Mecque. Le Coran retient de Moïse sa mission d'annonciateur de la foi monothéiste devant Pharaon (17,101-102). Quinze sourates parlent de Jésus, prophète et Messie. Sa naissance est miraculeuse, comme celle d'Adam. Il a accompli des miracles. Le Coran ne parle à son propos ni de crucifixion, ni de résurrection, mais affirme qu'il a annoncé la venue de Muhammad (61,6).

D'Adam à Muhammad, le Coran relate la mission d'une lignée de vingt-cinq prophètes. Mais ces annonciateurs des messages divins ne sont pas les seuls acteurs de la vie religieuse.

Muhammad

Appelé « sceau des prophètes » (33,40), Muhammad conclut la lignée des prophètes. Il a reçu la charge de transmettre le message coranique à tous les hommes (21,107). Le Coran ne le cite nommément qu'à 5 reprises : 3,144 ; 33,40 ; 47,2 ; 48,29 ; 61,6. Mais il n'est pas une page du Coran qui ne fasse allusion à sa qualité d'interlocuteur privilégié de la révélation divine.

Les groupes et leur sort

La rétribution à la fin des temps concerne tous les hommes. Mais seuls les « bien dirigés » connaîtront la félicité du jardin paradisiaque.

Élévation de Muhammad au ciel.

Les gens des Jardins d'Éden

Les Jardins d'Éden (ou paradis) appartiendront à ceux qui auront cru (29,58), auront été justes, auront accompli des œuvres bonnes (13,23), auront combattu pour Dieu (29,69), auront reçu la science (29,49). Pour avoir enduré une épreuve pénible, d'autres les rejoindront. Ce sont les émigrés (avec Muhammad), ceux qui ont été expulsés de leurs maisons ou ont été tués au cours du *jihâd* (3,195 ; *voir* pp. 46-47). Hériteront aussi du paradis ceux qui s'acquittent de la prière, font l'aumône, repoussent le mal par le bien.

Les gens de la Fournaise

Des comportements individuels hors normes conduiront leurs auteurs à la fournaise de l'enfer. Cela concerne ceux qui violent le pacte de Dieu après avoir accepté son alliance, tranchent les liens que Dieu a ordonné de maintenir, corrompent la terre (13,25).

Dans leur globalité, ceux qui partagent des convictions contraires à l'islam connaîtront les affres de la Fournaise. Sont particulièrement visés :

– les polythéistes*, appelés *mushrikûn,* sont ceux qui « *donnent à Dieu des associés* » (6,19-32 ; 29,65), ou qui « *prennent des maîtres en dehors de Dieu* » (29,41) ;

– les incroyants, ou *kâfirûn.* Est *kâfir* celui qui tient sa foi dissimulée. Il admet l'existence de Dieu mais est ingrat envers lui au point de méconnaître ses bienfaits. Il nie la pertinence des signes divins : « *Seuls les incrédules nient nos Signes* » (29,47). Est également *kâfir* quiconque occulte un élément essentiel de la foi musulmane (29,52). Les citoyens de La Mecque qui se sont rebellés contre la prédication de Muhammad ont été les premiers *kâfirûn*. Des théologiens musulmans font entrer dans la même catégorie ceux qui, parmi les *ahl al-Kitâb*, n'ont pas adhéré à la prédication de Muhammad ;

– les injustes, *al-dhâlimûn*, sont comparables aux *kâfirûn* puisqu'ils transgressent la vérité (7,37 ; 29,49) ;

– ceux que le *shaytân*, le Satan, a écartés de la voie droite : il « *leur est impossible d'échapper au châtiment* » (29,39) ;

– les prévaricateurs, ou *fâsiqûn*, rendus coupables des péchés les plus graves ;

– les hypocrites, ou *munâfiqûn*, qui dissimulent leur incrédulité sous des apparences de foi.

Le sort des gens du Livre

Il s'agit des croyants qui ont reçu en dépôt une Écriture* avant Muhammad. Les juifs, les chrétiens et les sabéens en font partie selon le Coran.

Le Coran affirme que la distinction ultime entre les groupes sera de la compétence de Dieu : « *Le Jour de la résurrection, Dieu distinguera les uns des autres : les croyants, les juifs, les sabéens, les chrétiens, les mages et les polythéistes...* » (22,17 ; 2,62 ; 5,69). La sourate* *al-Mâ'ida*, « la Table servie », porte un jugement sévère sur les gens du Livre : « *Oui, si les gens du Livre croyaient et craignaient Dieu, nous aurions effacé leurs mauvaises actions ; nous les aurions introduits dans les Jardins du Délice. S'ils avaient observé la Tora, l'Évangile et ce qui leur a été révélé par leur Seigneur, ils auraient certainement joui des biens du ciel et de ceux de la terre. Il existe, parmi eux, des gens modérés, mais beaucoup d'entre eux font le mal.* » (5,65-66)

Les sabéens

Les sabéens (*al-Sâbi'ûn*) forment une communauté difficilement identifiable. S'agit-il des mandéens, un groupe de sémites de tendance gnostique (doctrine qui privilégie la connaissance dans la démarche religieuse), héritiers du courant inauguré par Jean-Baptiste ?

Le Coran attache beaucoup d'importance à la prévention des groupes qui hériteront soit de la Fournaise, soit du Jardin paradisiaque.

Bible et Coran

La religion musulmane considère que le processus de transmission des messages divins est définitivement clos avec le Coran, livre qui surpasse tous les écrits sacrés antérieurs. Cette conception n'est partagée ni par le judaïsme, ni par le christianisme.

Le statut respectif de la Bible et du Coran

L'islam admet explicitement l'existence de révélations* antérieures à la prédication de Muhammad et demande d'y adhérer (4,136). En plus du Coran, quatre groupes d'écrits sont qualifiés de livres révélés. Selon la terminologie coranique, ce sont les « feuilles » d'Abraham, la « *torah* » de Moïse, les « psaumes » de David et l'« évangile » de Jésus. En même temps, le Coran est d'avis que les écrits bibliques en usage dans le judaïsme et le christianisme ont été falsifiés ou corrompus. Seule la recension* coranique des traditions bibliques serait crédible. Et d'une manière générale, l'islam estime que parmi toutes les Écritures*, le Coran est la seule à n'avoir subi aucune altération.

Pour le judaïsme, l'activité prophétique prend fin avec les derniers des petits prophètes*, soit vers le IIIe siècle av. J.-C. Pour le christianisme, Jean-Baptiste est l'ultime prophète. Il s'en suit que le judaïsme et le christianisme, tout en entourant d'un grand respect les écrits sacrés de la religion musulmane, n'ont jamais pu reconnaître leur caractère pleinement révélé.

La seule et unique parole biblique citée textuellement dans le Coran

Elle figure au verset 21,105 : « *Nous avons écrit dans les Psaumes après le rappel : "En vérité, mes serviteurs justes hériteront de la terre".* » Cette citation reproduit ce verset d'un psaume : « *Les justes posséderont le pays...* » (psaume 37,29).

Convergences et divergences

À aucun égard et d'aucune manière, le Coran n'est à considérer comme une paraphrase de la Bible. Les différences sont multiples :

– révélation : juifs, chrétiens et musulmans croient en un dieu qui se révèle, qui suscite des prophètes et communique sa parole ; l'islam voit dans le Coran la parole elle-même de Dieu, y compris dans sa littéralité, tandis que juifs et chrétiens admettent

Jésus

Le Coran nie sa mort sur la croix et sa résurrection, conteste énergiquement la possibilité d'une filiation divine à son sujet ; selon 61,6, Jésus aurait annoncé la venue de Muhammad.

l'intervention d'auteurs sacrés inspirés* par Dieu ; la révélation biblique s'échelonne sur une dizaine de siècles, alors que la révélation coranique couvre une période de 22 années ; le christianisme ne se considère pas comme une religion du Livre car pour les chrétiens, c'est Jésus en personne qui incarne la parole (le Verbe) de Dieu, et non pas un livre ;

Moïse, personnage commun à la Bible et au Coran, recevant les Dix Commandements sur le mont Sinaï.

– style et composition : la Bible et le Coran ont en commun de faire alterner des hymnes, des récits, des sentences, des codes, des paraboles*, des exhortations, des confessions de foi ; dans la Bible, ces genres littéraires sont isolés (ou isolables) les uns des autres tandis que dans le Coran, on passe de l'un à l'autre sans procédure – dans le même passage, plusieurs genres peuvent s'emboîter sans problème ;

– personnages : la Bible et le Coran ont en commun plus d'une vingtaine de personnages ; Adam, Noé, Abraham, Moïse, David, Salomon, Jésus et Marie sont particulièrement présents dans le Coran ; mais des prophètes cités dans le Coran ne figurent pas dans la Bible (par exemple Hûd, Muhammad, Sâlîh, Shu'ayb) ou n'ont pas la qualité de prophète dans la Bible (ainsi Aaron, Adam, David, Isaac, Ismaël, Jacob, Joseph, Loth, Noé, Salomon) et enfin des prophètes bibliques ne sont pas mentionnés dans le Coran (Isaïe, Jérémie, Nathan, ou la plupart des petits prophètes par exemple) ; le Coran remodèle le parcours et la compétence des personnages bibliques et place au point culminant de la « chaîne prophétologique » Muhammad, appelé le « sceau des prophètes ».

Des récits apparentés à ceux de la Bible figurent dans le Coran. On y cite de nombreux personnages bibliques. Mais il n'est pas possible d'établir une véritable équivalence textuelle ou doctrinale entre les deux écrits.

Le Coran dans la vie du musulman

La lecture du Coran, livre sacré de l'islam, est un rite* : « *Ceux qui sont purs peuvent seuls le toucher* », dit un verset coranique (sourate 56,79).

L'acquisition du Coran

Les musulmans se procurent le Coran dans les librairies islamiques. Il n'est pas « vendu » mais « offert ». Un non-musulman rencontre d'énormes difficultés à se procurer un coran, étant donné qu'il faut être en état de pureté rituelle pour le toucher. Quand un musulman s'installe dans une nouvelle demeure, il commence par placer un exemplaire du Coran à l'endroit le plus approprié.

Les règles à respecter

Le Coran, qui est toujours protégé par un étui, ne doit jamais être entassé sous une pile de livres. Les traités de *fiqh*, le droit islamique, au chapitre *al-adab*, « le bon comportement », énumèrent cinq règles à respecter lorsqu'on lit le Coran : être en état de pureté rituelle et s'orienter vers La Mecque ; lire de manière posée et sans ostentation ; adopter une attitude méditative, empreinte d'émotion jusqu'aux larmes ; psalmodier de manière mélodieuse ; se mettre dans l'état d'esprit de celui qui veut discerner la volonté de Dieu.

La mémorisation

S'il est une coutume caractéristique de l'islam, c'est bien la mémorisation du Coran. Un hadîth* affirme que « *celui dont le cœur n'abrite aucune partie du Coran est comme une maison déserte* ». La mémorisation se dit. Pour faciliter l'apprentissage du Coran et sa lecture répartie sur un mois ou une semaine, celui-ci est divisé en 30 sections et en 7 sections. Reste entière la question de la compréhension, par des non-arabophones, du texte* coranique lu en arabe.

Les bienfaits de la lecture du Coran

« Le meilleur d'entre vous est celui qui a étudié le Coran ainsi que celui qui l'enseigne. » **(hadîth)**
« Le cœur se rouille comme le fer. Par la récitation du Coran et l'évocation de la mort, on lui rend son éclat. » **(hadîth)**

Les écoles coraniques

La mémorisation du Coran est assurée de préférence dans les écoles coraniques, appelées *kuttab*. Aujourd'hui, les feutres et les ardoises ont remplacé les calames et les tablettes en bois. Il n'est pas rare que des enfants, vers 11-12 ans, parviennent à mémoriser l'intégralité du Coran. Des concours de psalmodie et de récitation viennent clore le cycle d'apprentissage du Coran.

Les étapes de la vie

À la naissance, au mariage, à l'heure de la mort, mais aussi lorsqu'un acte juridique est conclu, les musulmans récitent la sourate* *al-Fâtiha**, et quelques versets* du Coran. Grâce aux nouveaux médias (sonorisation des minarets, radio et télévision, cassettes), la psalmodie du Coran pénètre tous les espaces aux moments importants de la vie des familles ou des groupes. Des récitants professionnels sont parfois sollicités. En cas de maladie ou lorsqu'on est amené à prononcer un exorcisme, des traditions plus ou moins ancrées dans les familles recommandent de réciter le verset du trône (sourate 2,255) et les deux dernières sourates, appelées « préservatrices » (113 et 114).

La prière, le culte et la vie spirituelle

Le rituel des cinq prières quotidiennes de l'islam prévoit la récitation, en arabe et de mémoire, de la sourate *al-Fâtiha*, et de plusieurs versets. Au cours de la prédication qu'il donne le vendredi, l'imam* cite des versets coraniques et en donne le commentaire*. Les veillées de prière du ramadan sont l'occasion de lire l'intégralité du Coran. Pour les adeptes des confréries mystiques, la fréquentation régulière de la parole divine est une source infaillible d'élévation spirituelle. 'Alî, le 4e calife (mort en 661), va jusqu'à dire que « *Dieu se révèle lui-même à ses serviteurs dans le Coran* ». Pour le poète mystique persan Jami (mort en 1492), « *un disciple qui ne connaît pas le Coran par cœur est comme un citron sans parfum* ».

La diffusion du Coran

Les exemplaires du Coran sont en principe diffusés gratuitement. Les États islamiques en assurent l'impression et la diffusion. On peut aussi acquérir un coran dans une librairie religieuse islamique. On évite alors de demander son prix, par respect du texte sacré. Dans les faits, l'acheteur verse néanmoins, et discrètement, une somme convenue.

La récitation et l'étude du Coran rythment la vie quotidienne du musulman, selon un rituel très strict.

Les sciences coraniques

Les sciences coraniques regroupent l'ensemble des enseignements, des études et des recherches appliqués au Coran. Elles vont de pair avec une parfaite maîtrise de la langue arabe.

La division traditionnelle des sciences coraniques

Les sciences coraniques – en arabe *'ulûm al-qur'ân* – figurent au programme des études académiques dispensées dans tous les centres islamiques et les facultés de théologie* des pays musulmans. Elles sont réparties en sept matières, selon ce schéma :

– l'introduction à la connaissance du Coran : ses noms usuels, la différence entre Coran et hadîth* ;
– la connaissance de la théologie de la révélation* : les circonstances de la révélation à La Mecque et à Médine ;
– la fixation du canon* : différentes compilations du texte* coranique ; différents systèmes de lecture autorisés ;
– les règles de l'herméneutique* : règles élémentaires ; distinction entre versets* explicites et versets qui requièrent un commentaire*, entre versets qui en abrogent d'autres et versets abrogés, entre versets à portée générale et versets à portée restreinte, entre versets « libres » et versets dont le sens est lié au contexte, entre versets à comprendre au sens littéral et versets à interpréter au sens symbolique ;
– l'étude des traits spécifiques du Coran : son caractère inimitable, la répartition en sourates* et en versets, les genres et formes littéraires, les récits et narrations, les paraboles*, les serments ;
– la littérature du *tafsîr** (commentaires coraniques) ;
– les règles de la traduction.

Les grandes universités académiques de l'islam

La Zaytûna (fondée en 734 à Tunis, en Tunisie), la Qarawiyîn (fondée en 857, à Fès, au Maroc) et al-Azhar, la plus prestigieuse institution d'enseignement d'Égypte et du Proche-Orient (fondée en 972 au Caire).

Les grandes académies islamiques

Les sciences coraniques sont enseignées dans des sortes d'académies religieuses agrégées aux mosquées

sources et contexte | texte | grandes sections

des grands centres urbains. Ce sont les lieux traditionnels de formation et d'étude. Il faut y ajouter, de nos jours, les facultés de théologie érigées dans les universités des grandes métropoles musulmanes du Maghreb, du Proche et du Moyen-Orient et d'Asie. En Europe, la création de centres islamiques est récente. Elle remonte aux années 1990. C'est dans ces établissements que sont formés les futurs cadres religieux de l'islam européen, comme à Saint-Léger-de-Fougeret (Nièvre).

Les études coraniques dispensées dans ces établissements sont programmées sur le modèle des enseignements de l'époque classique de l'islam, y compris les démarches de mémorisation du Coran.

Les enseignants

Les enseignants des universités islamiques sont qualifiés de « savants », on leur reconnaît compétence et savoir, mais ils sont aussi choisis en raison de leur intégrité et de leur piété.

Les recherches universitaires

Les recherches menées par des universitaires sur le texte du Coran et les corps de doctrine qu'il contient sont d'un autre ordre. Leur problématique se situe au carrefour de la théologie, des sciences humaines et de l'histoire des religions. Ces spécialistes ont généralement une grande maîtrise de la langue arabe et des autres langues sémitiques. Ceux et celles qui s'y appliquent appartiennent à différents courants de pensée ou confessions. Leurs travaux portent sur la traduction du Coran, l'histoire de la formation du canon* coranique, la relecture des sourates et versets à la lumière des sciences humaines et de l'histoire des religions. Les recherches les plus significatives sont dues à Mohammed Arkoun, Claude Gilliot, Arthur Jeffery, Angelika Neuwirth, Theodore Nöldeke (mort en 1930), Andrew Rippin, Toshihiko Iztsu et John Wansbrough.

Plusieurs facultés de théologie catholiques, protestantes ou orthodoxes* ont inclu des modules d'initiation aux sciences coraniques. À Rome, existe l'Institut pontifical d'études arabes et islamiques.

Les sciences coraniques se sont principalement développées au sein des institutions musulmanes. Mais le Coran est aussi l'objet de travaux de recherche conduits par des universitaires appartenant à d'autres horizons religieux ou culturels.

L'exégèse coranique

Les orientations suivies par les commentaires exégétiques du Coran sont tributaires des grands courants théologiques et idéologiques qui traversent l'islam à chaque époque.

Exégèse et islam

L'exégèse* (du grec *exêgêsis*, « explication ») est la science de l'interprétation* d'un texte*. En islam, l'usage veut que l'on parle de *tafsîr** (« exposé clair », « clarification »). Le *tafsîr* a pour objet d'expliciter le sens des versets* coraniques, d'en préciser la portée, d'exposer les circonstances et les mobiles de leur révélation*.

Les règles du *tafsîr*

Le grand principe de l'exégèse coranique est la gradation de la démarche interprétative, en suivant cet ordre « décroissant » :
– il est toujours préférable d'expliquer un verset du Coran par un autre verset coranique (un passage peut en éclairer un autre) ; à défaut de résultats, il convient alors :
– d'expliquer ce verset par les enseignements de Muhammad ; à défaut de résultats :
– d'expliquer ce verset par les enseignements des compagnons de Muhammad ou de leurs successeurs immédiats ; à défaut de résultats :
– d'expliquer ce verset à la lumière des enseignements des savants de l'islam les plus éminents.

La littérature du *tafsîr*

Les plus anciens commentaires* coraniques ont été composés par Ibn 'Abbâs (mort en 687), Muqâtil (mort en 767) et Abû 'Ubayda (mort en 824) et leurs disciples. Par la suite, le *tafsîr* s'est développé dans trois directions.

Le premier courant, appelé traditionniste, se fonde sur les interprétations fournies par les autorités

incontestées de l'islam ; il est représenté, entre autres, par Tabarî (mort en 923), Ibn Kathîr (mort en 1373) et Suyûtî (mort en 1505).
Le deuxième courant, plus spéculatif, regroupe la littérature exégétique ouvertement indépendante ; elle accorde une place importante à la théologie* et au débat philosophique, notamment chez Zamakhsharî (mort en 1144), Râzî (mort en 1209), Qurtubî (mort en 1273), Baydâwî (mort en 1286), Âlûsî (mort en 1854).
Le troisième courant opère un savant alliage entre traditionnisme et spéculation. On en a l'illustration dans l'exégèse mystique et ésotérique* de Qâshânî (mort en 1330) ou des shî'ites Tabarsî (mort en 1143) et Tabâtabâ'î (mort en 1982), dans l'exégèse réformiste d'Ahmad Khan (mort en 1898), Muhammad 'Abduh (mort en 1905), Rachid Ridâ (mort en 1935) et Ibn Bâdis (mort en 1940), et dans l'exégèse radicalisante contemporaine de Sayyid Qutb (mort en 1966) et de Mawdûdî (mort en 1979).
Des travaux plus récents font appel aux sciences du langage, aux sciences humaines, à l'histoire des religions pour évoquer le processus de la révélation coranique. Des auteurs comme Pierre Crapon de Caprona, Toshihiko Izutsu, Angelika Neuwirth, Aïcha 'Abd al-Rahmân y font allusion dans leurs études et les bibliographies qu'elles contiennent.

Comment se présente un commentaire coranique

La plupart des commentaires coraniques adoptent la même disposition. Verset par verset, sourate* par sourate, ils reproduisent ce que la tradition a coutume d'enseigner, en suivant quatre grandes rubriques : les explications d'ordre grammatical, lexical et rhétorique* ; l'inventaire des variantes* connues ; l'analyse des interprétations rapportées par la tradition ; l'examen du contenu doctrinal sous l'angle juridique, théologique et spirituel.

Tabarî (839-923)

Originaire du Tabaristan (Iran actuel), Tabarî est l'auteur d'un monumental commentaire du Coran, *Jâmi' al-bayân 'an ta'wîl ây al-Qur'ân* (« Exposé complet sur l'interprétation des versets coraniques »). Il aurait écrit son commentaire à raison de 40 pages par jour, quarante années durant.

La monumentale littérature d'interprétation du Coran, héritée de l'époque classique, continue de servir de norme exégétique aujourd'hui. Les sciences du langage et de l'histoire des religions ont du mal à s'y frayer un chemin.

Le Coran, le fondamentalisme et la violence

En islam, comme dans les autres religions, le radicalisme procède par instrumentalisation du religieux.

Manifestants protalibans, groupe fondamentaliste afghan.

Comment fonctionne le fondamentalisme* islamique

Les mouvements fondamentalistes pratiquent une lecture idéologique du Coran. Lorsqu'ils citent une norme ou un principe coranique, ils l'isolent de son véritable contexte et en falsifient la compréhension. Ils prônent un moralisme rigide et une interprétation* littérale des textes*. Ils érigent en normes sacrées des règles coutumières liées à une époque. Pourfendeurs acharnés de la laïcité, ils cherchent par tous les moyens à faire régner les « droits de Dieu ». Mais quels « droits de Dieu » ? En fait, ils accordent aux règles vestimentaires et alimentaires inspirées de la *sharî'a** (droit islamique) davantage d'importance qu'aux préceptes moraux, aux valeurs spirituelles et à la foi. Ils n'hésitent pas à restaurer les tribunaux islamiques et à revenir aux peines corporelles.

À noter

Les organisations islamistes impliquées dans les actions terroristes des dernières décennies s'inspirent davantage des théories du *jihâd* violent développées par le fondamentaliste Ibn Taymiya (mort en 1328) que de la pensée d'Al-Banna.

« Pas de contrainte en religion »

Le Coran recommande la modération et rejette l'extrémisme : « *Nous avons fait de vous une communauté éloignée des extrêmes* » (sourate* 2,143). Beaucoup de versets* appellent à la paix et à la concorde (8,61). La contrainte dans le domaine de la religion est formellement prohibée : « *Pas de contrainte en religion* » (*lâ ikrâha fî al-dîn* ; sourates 2,256 ; 10,99 ; 16,93 ; 42,8). À plusieurs reprises, le Coran indique que le pardon est supérieur au châtiment : « *Celui qui est patient et qui pardonne fait montre des meilleures dispositions* » (42,43). Seule restriction, le pardon ne peut s'appliquer aux incrédules : « *Il n'y a pas de pardon pour les incrédules* » (4,18).

Jihâd

Le mot *jihâd* signifie à la fois « effort intense » et « appel à la religion véritable ». Selon un hadîth*, le prophète* Muhammad aurait dit un jour : « *Nous voici revenus du jihâd mineur pour nous consacrer au jihâd majeur.* » Interrogé sur la nature du *jihâd* majeur, il aurait répondu qu'il s'agit du *jihâd* du cœur, autrement dit l'effort de purification intérieure. Quant au *jihâd* mineur, il désigne deux engagements : l'appel à suivre la vraie religion et à combattre la mécréance (tel le verset qui dit : « *Ne te soumets donc pas aux incrédules ; lutte contre eux, avec force, au moyen du Coran* », sourate 25,52) et la mobilisation des croyants face à tout agresseur : « *Toute autorisation de se défendre est donnée à ceux qui ont été attaqués* » (22,39).

L'idéologisation du combat

Dans la période contemporaine et récente, les appels au *jihâd* ont alimenté nombre de sermons dans les mosquées. On l'a vu à l'occasion des confrontations israélo-arabes (guerre des Six-Jours en 1967, guerre d'octobre en 1973, *intifadâ* ou « guerre des pierres », à partir de 1988), mais aussi au moment de la révolution iranienne en 1979 ou afghane en 1980, pendant la guerre du Golfe (1991), en Algérie à partir de 1992 et dans les groupes fondamentalistes issus de la mouvance d'Oussama Ben Laden, surtout depuis septembre 2001. Les milieux fondamentalistes musulmans puisent leur doctrine dans la pensée de Hassan al-Banna (1906-1949), fondateur des Frères musulmans en Égypte en 1928, de Sayyid Qutb (1906-1966), un de ses disciples, et du réformateur fondamentaliste Mawdûdî (1903-1979), originaire du Deccan, en Inde.

Le véritable *jihâd*

« Le meilleur jihâd est une parole juste dite devant un souverain injuste. » **(hadîth)**
« Le meilleur jihâd réside dans ton effort en Dieu contre toi-même et contre tes caprices. » **(hadîth)**

La communauté musulmane subit, épisodiquement, l'irruption de minorités extrémistes qui prônent un rigorisme intransigeant et ne craignent pas de recourir à la violence. La lecture du Coran qu'elles pratiquent est en rupture totale avec les enseignements de l'islam.

Guide de lecture

Le Coran renferme 6 236 versets. À raison de 17 versets par jour, on en lit l'intégralité en un an. Il faut en lire 207 par jour pour l'avoir lu en un mois. Il va sans dire qu'une bonne méthode de lecture est indispensable.

École coranique de Cirze, Kurdistan turc.

La lecture du Coran et l'islam

L'islam recommande la lecture, la mémorisation et l'étude quotidienne du Coran. Il invite le lecteur à adopter une attitude spirituelle conséquente, et à suivre l'enseignement d'un maître. Dans son traité spirituel *Ihyâ' 'ulûm al-dîn*, le théologien et mystique Ghazâlî (1058-1111) invite à méditer le Coran en suivant cette progression en trois degrés : lire le texte* en se sachant écouté par Dieu (phase de l'imploration) ; lire le texte en écoutant Dieu qui nous parle (phase de la compréhension) ; lire le texte en y voyant Dieu lui-même (phase de la contemplation).

Les instruments de travail

Il existe, à la disposition du lecteur arabophone, tous les instruments de travail recommandés pour l'étude du Coran. Il choisit, selon ses critères personnels : une introduction au Coran ; une version standard du texte arabe du Coran, la plus répandue étant celle dite du roi Fu'âd, imprimée au Caire en 1924 ; un lexique du vocabulaire coranique ; une concordance, c'est-à-dire une liste alphabétique de tous les passages où un mot apparaît dans un texte ; un index alphabétique de tous les versets coraniques ; un commentaire exégétique.

Le lecteur francophone doit se contenter d'une des traductions récentes, approuvée par les exégètes musulmans, et des index thématiques édités à la fin de ces traductions, mais qui souffrent de lacunes.

Un plan de lecture

Le lecteur peut, pour une première approche du Coran, choisir entre plusieurs approches :
1) suivre la division du Coran en sections adaptées à la lecture suivie : rappelons que pour faciliter sa lecture en 30 ou 7 jours, le Coran a été divisé en sections d'égale longueur de texte, appelées *juz'* et *manzil* ;
2) adopter le plan de lecture en fonction de la longueur des sourates, réparties en sourates longues, entre 75 et 286 versets (2 à 10), en sourates moyennes, entre 34 et 227 versets (11 à 35), en sourates courtes, moins de 100 versets (36 à 49) et en sourates très courtes, moins de 50 versets (50 à 114) – ces dernières sont habituellement récitées dans la prière.
3) lire le Coran selon une approche plus thématique : par grands cycles (*voir* pp. 34-35) ; par ensembles littéraires (*voir* pp. 24-25) – les sections narratives, didactiques, sapientielles, juridiques (la sourate 57 contient la plupart de ces genres littéraires) ; par périodes de révélation* : sourates mecquoises, sourates médinoises (*voir* pp. 28-31) ; par thèmes – les signes, la voie, la rétribution (*voir* pp. 32-33).
4) cinq péricopes* font partie des sections les plus connues du Coran : la Fâtiha (sourate 1), les versets de la Piété (2,177), le verset du Trône (2,255), le verset de la Lumière (24,35-36), les Noms divins (59,21-24). D'autres péricopes sont tout autant familières : 2,286 ; 3,8-9 ; 3,191-194 ; 17,80 ; 23,118 ; 49,22-24. Il faut noter que la sourate 36 (*Yâ Sîn*) est communément lue au chevet des mourants.
Deux ouvrages de Jacques Jomier fournissent des pistes de lecture du Coran en référence à la Bible : *Le Coran, textes choisis en rapport avec la Bible* (1989) et « Un chrétien lit le Coran » (*Cahiers évangile*, n° 48, 1984).

Comment lire le Coran ?
« Ô Vous qui croyez au Coran, n'en faites pas un oreiller, mais récitez-le correctement jour et nuit et propagez sa récitation. Prononcez correctement ses mots, vous devez réfléchir sur tout ce qu'il y est dit pour être guidé par lui. Vous aurez alors le succès. Ne pensez jamais obtenir les bénéfices de ce monde grâce à lui, mais récitez-le seulement pour obtenir la grâce de Dieu. » **(hadîth)**

Le lecteur qui ouvre pour la première fois le Coran gagne à suivre un plan de lecture rigoureux, où alternent la lecture continue, la lecture sélective par péricopes, la lecture thématique.

Le Coran et l'art

La religion musulmane – comme le judaïsme – est extrêmement réticente à l'égard de l'iconographie figurative. Cela n'a nullement empêché la créativité artistique.

L'art de la reliure et de la calligraphie coraniques

Les exemplaires du Coran diffusés dans les librairies islamiques ou les mosquées sont présentés sous une reliure richement décorée de frises et de calligraphies polychromes. Ils sont placés dans un étui, lui-même décoré, et parfois conservés dans un petit meuble en bois sculpté. En vertu d'un usage bien établi, le texte* coranique est toujours calligraphié, et les éditions imprimées doivent obligatoirement reproduire un texte calligraphié à l'origine. En plus du célèbre *kûfî*, les graphistes arabes ont recours à six styles traditionnels de calligraphie : le *thuluth*, le *naskhi*, le *muhaqqâq*, le *rayhânî*, le *riqâ'* et le *tawqî'*.

Couverture illustrée d'un coran.

La calligraphie décorative

L'art de la calligraphie dépasse le cadre des manuscrits*. Il s'étend à la peinture décorative et à la décoration architecturale. Les mots ou les phrases calligraphiés ornent des tissus, des tentures, des tapis, des tableaux artistiques. Deux artistes de l'époque abbasside dominent l'art calligraphique traditionnel : Ibn Muqla (mort en 940) et Ibn al-Bawwâb (mort en 1022). Des peintres-graphistes contemporains s'appliquent à maintenir cet art de l'écriture en arabesque. Les plus connus sont Kamal Boullata, Mohammed Shakir Hassan, Rachid Koraïchî, Hassan Massoudi, Hossein Zenderoudi. Aucune mosquée, aucun édifice religieux n'est édifié sans décorations calligraphiques gravées, sculptées ou peintes, intérieures ou extérieures. Elles sont pour la plupart tirées du Coran (*voir* brève ci-contre).

L'art de la récitation

La recommandation de lire le Coran en le psalmodiant figure à la sourate 73 : « *Récite avec soin le Coran* » (73,4 ; 25,32). Après avoir prononcé la *basmala*, le récitant entame la lecture psalmodiée. Cette manière de lire, ou *tilâwâ*, obéit aux règles de prononciation (*tajwîd*), de lecture (*qirâ'a*), de rythme (soit lecture lente, soit moyenne, soit rapide) et mélodiques. Des signes propres à la psalmodie sont placés au-dessus du texte. Ils mentionnent les arrêts, les pauses, l'allongement des sons, les 14 versets* où il est exigé de se prosterner. Chaque année ont lieu des concours de récitation du Coran. La psalmodie de cheikh* Mahmûd Khalîl al-Husarî et de cheikh 'Abdul al-Bâsit 'Abd al-Samad, deux récitants célèbres, est largement diffusée sur cassettes ou CD.

La *basmala*

La formule la plus représentée en calligraphie est la phrase introductive des sourates*, appelée *basmala* (« *Au nom de Dieu : Celui qui fait miséricorde, le Miséricordieux* ») et la profession de foi islamique, ou *shahâda* (« *J'atteste qu'il n'y a de divinité que Dieu, et que Muhammad est son Prophète* »).

La thématique coranique dans l'art traditionnel

Malgré les interdits canoniques de l'islam face à toute représentation figurative, on retrouve les scènes de la vie des prophètes* cités dans le Coran, y compris Muhammad, représentées sur des miniatures anciennes ornant les manuscrits. Les miniatures persanes et turques abondent en iconographie des faits et gestes de Muhammad. Elles ont ceci de particulier : le visage du prophète est nimbé et entouré d'une flamme. Le même procédé sera utilisé au cinéma.

Des peintres contemporains, originaires des pays musulmans ou appartenant au courant orientaliste, ont traité les thèmes religieux de l'islam. Ludwig Deutsch dans *Les Savants* (1901) et *En prière* (1923), Arthur von Ferraris dans *La Lecture du Coran* (1889) et Rudolph Weisse dans *Prière dans une mosquée* ont peint des scènes où figure le Coran.

Malgré les réserves sévères de l'islam sur les représentations figuratives, la production artistique autour du livre sacré et des récits qu'il renferme a été intense.

Les traductions du Coran

Quelle est la meilleure traduction du Coran ? C'est celle qui permettra au lecteur de s'approcher au plus près du contenu authentique du Coran, tout en lui donnant envie de lire le livre sacré de l'islam jusqu'au dernier verset.

La doctrine de l'islam

La doctrine officielle de l'islam est de dire que le Coran, révélé en arabe, doit être transmis en arabe (sourates 26,192-195 et 42,7) et récité en arabe au cours de la prière. Si le Coran est traduit, il cesse d'être la parole de Dieu, même si la qualité de la traduction permet de dire qu'elle recèle le « sens » de la parole divine. Lorsque des auteurs musulmans entreprennent de traduire le Coran, ils évitent la formule « Traduction du Coran » en en-tête ; ils la remplacent par : « Essai d'interprétation (*tafsîr*) du texte inimitable du Coran ».

Les traductions contemporaines en langues européennes

Toutes ces traductions sont l'objet de nombreuses rééditions. La date indiquée ici est celle de la première édition. Les plus connues sont :

– en allemand, celles de Rudi Paret (1966) et d'Adel Theodor Khoury (1987) ;

– en anglais, celles d'Abdullah Yusuf 'Alî (1934) et d'Arthur John Arrbery (1955) ;

– en espagnol, celle de Juan Vernet (1953) ;

– en français, celles d'Albin de Biberstein Kazimirski (1840), Edgar Montet (1929), Régis Blachère (1949), Muhammad Hamidullah (1959), Denise Masson (1967), Si Hamza Boubakeur (1972), Jean Grosjean (1972), Sadok Mazigh (1980), Salah ed-Dine Kechrid (1981).

Les traductions issues des groupes dissidents

Des groupes dissidents de l'islam, fondés au XIXe ou au XXe siècle, ont produit des traductions du Coran. Une des plus répandues est celle de cheikh Mubârak Ahmad Ahmadî, prédicateur du mouvement Ahmadiya, un courant fondé par Mirza Ghulâm Ahmad (mort en 1908). La première édition a été publiée en anglais en 1953.

Petit guide des traductions françaises récentes

Le lecteur francophone a le choix aujourd'hui entre deux groupes de traductions du Coran.

Le premier groupe émane d'auteurs musulmans, notamment Muhammad Hamidullah, Si Hamza Boubakeur, Salah ed-Dine Kechrid, Sadok Mazigh. La traduction qui a connu le plus grand nombre de rééditions est celle de Muhammad Hamidullah : *Le Saint Coran. Traduction et commentaire de Muhammad Hamidullah, avec la collaboration de Michel Léturmy*, 1959 et rééditions en présentation bilingue arabe-français.

Le second groupe est l'œuvre d'universitaires issus du courant orientaliste comme Régis Blachère, Denise Masson, Jean Grosjean, André Chouraki, Jacques Berque, René R. Khawam. Malgré les inévitables lacunes qu'elles recèlent, trois traductions ont acquis une certaine notoriété. Ce sont, dans l'ordre chronologique de leur parution, celles de :

– Régis Blachère, *Le Coran (al-Qor'ân), édition et traduction de l'arabe par Régis Blachère* (professeur à la Sorbonne), Maisonneuve et Larose, 1956, puis rééditions (2002 pour la dernière) ;

– Denise Masson, *Le Coran. Préface par J. Grosjean. Introduction, traduction et notes par D. Masson*, coll. « La Pléiade », Gallimard, 1967 ; cette traduction révisée est publiée sous le titre *Essai d'interprétation du Coran inimitable, traduction par Denise Masson revue par le docteur Sobhi al-Saleh, vice-président du Conseil supérieur islamique du Liban*, Beyrouth et le Caire, 1967 (édition bilingue arabe-français) ;

– Jacques Berque, *Le Coran : essai de traduction de l'arabe annoté et suivi d'une étude exégétique*, Sindbad, 1991 ; édition revue et corrigée en 1995, coll. « La Bibliothèque spirituelle », Albin Michel.

Les traductions du Coran en français parues en format de poche

Albin de Biberstein Kazimirski : *Le Coran*, coll. « Classiques Garnier », Garnier, 1999.
Denise Masson : *Le Coran*, Gallimard, 1981.
Edouard Montet : *Le Coran*, Petite Bibliothèque Payot, 2001.

Les controverses sur la licéité des traductions du Coran rebondissent de génération en génération. On en est très vite venu à tenir comme un dogme l'idée que seul le Coran arabe est le Coran.

Le Coran, la littérature et les nouveaux médias

Depuis le début des années 1980, la création littéraire et la production cinématographique des pays islamiques traversent de sérieux remous en raison des censures exercées par les autorités religieuses.

Le cinéma

Dès 1950, le cinéma égyptien a produit des films historico-religieux sur l'islam :
– *Naissance de l'islam* (1950), d'Ibrahim Ezz Eddine ;
– *Triomphe de l'islam* (1952), *Bilal, le muezzin du Prophète* (1953) et *La Mecque* (1957) d'Ahmed al-Toukhi ;
– *Khaled Ibn al-Walid* (1958) de Hussein Sedki ;
– *L'Aube de l'islam* (1971) de Salah Abou Seif.
Le film américain *Le Message* (1977), réalisé par Mostafa al-Akkad, a connu un large succès dans ses différentes versions. Depuis, la production historico-religieuse cinématographique connaît un net recul.

La littérature

La littérature moderne et contemporaine des pays musulmans aborde épisodiquement la thématique religieuse.
Loin de Médine (1991), de l'universitaire et cinéaste algérienne Assia Djebar, parle des héroïnes du début de l'islam.
Les écrivains français évoquent rarement l'islam. Voltaire (dans *Mahomet ou le fanatisme*, 1741) tout comme Goethe (il traduisit en allemand, vers 1800, le *Mahomet* de Voltaire) tournent l'islam, Muhammad et le Coran en dérision.
À noter que Goethe, au cours de son séjour à Strasbourg en 1770-1771, a étudié l'arabe et lu

le Coran. Avec son *Histoire de la Turquie* (1853-1854), Lamartine est un des premiers écrivains à s'ouvrir à la religion musulmane.
Les légistes des tribunaux islamiques n'ont pas hésité à infliger récemment des peines extrêmes aux écrivains auteurs d'œuvres de fiction où l'islam et le Coran sont parodiés. Ainsi, l'Indo-Pakistanais Salman Rushdie, auteur des *Versets sataniques* (1988), a été condamné à mort par une *fatwa* (« décret juridique ») de l'imam* Khomeynî le 14 février 1989. Le poète saoudien Sadok Mellalah, dont les écrits ont été jugés diffamatoires, a été décapité au sabre le 3 septembre 1992.

Les enregistrements du Coran

Grâce à la radio et aux chaînes télévisées islamiques relayées par satellite, la psalmodie quotidienne du Coran est diffusée à travers le monde entier. Les enregistrements du Coran sur cassettes audio et CD reproduisent les psalmodies de cheikh 'Abd al-Bâsit Muhammad 'Abd al-Samad, de cheikh Sa'd al-Ghamidî, de cheikh Al-Sudaia et de cheikh Al-Houssarî. Elles sont diffusées par différents éditeurs, en psalmodie lente ou rapide.

CD-Roms

Le Coran, Éditions Harf, 2000 (texte arabe ; traduction en 5 langues dont anglais et français, recherches par mots-clés, 4 commentaires : Qurtubî, Tabarî, Ibn Kathîr et Jalalayn ; règles de prononciation).

Sites Internet

Il existe un nombre considérable de sites islamiques. Chacun propose le texte du Coran en arabe, parfois avec support musical, et une ou plusieurs traductions avec recherche par mots-clés et possibilité de consulter les grands commentaires.
Un des sites francophones les plus visités est www.oumma.com.

La religion musulmane a du mal à accepter que des thèmes coraniques soient intégrés dans des productions littéraires ou cinématographiques. En revanche, elle exploite toutes les possibilités offertes par les nouveaux médias pour développer la diffusion du Coran.

Tableaux chronologiques

Muhammad (570-632)

570	naissance de Muhammad à La Mecque
577	Muhammad est orphelin
590-595	voyages en Syrie avec les caravaniers ; rencontre avec le moine Bahîra à Bosra
596	Muhammad épouse Khadîja, propriétaire de caravanes
610	premières révélations divines ; ces révélations se poursuivront jusqu'en 632
613	premières persécutions exercées par les membres de la tribu de Quraysh
615	exode des premiers convertis en Abyssinie (Éthiopie)
622	début de l'hégire (émigration) le 24 septembre ; Muhammad arrive à Yathrib, qui devient « Médine »
624	victoire des musulmans sur les qurayshites, à Badr premiers fondements des institutions de la communauté musulmane (*al-umma*)
625	victoire des qurayshites sur les musulmans, à Uhud
628	trêve de Hudaybiya
629	pèlerinage des musulmans à La Mecque ; ralliement des personnalités mecquoises, puis rupture de la trêve de Hudaybiya
630	entrée de Muhammad à La Mecque ; destruction des idoles ; pacte avec les chrétiens de la tribu de Najrân
632	dernier pèlerinage de Muhammad à La Mecque
8 juin 632	mort de Muhammad à Médine

Le Coran et son histoire après Muhammad

632-634	califat d'Abû Bakr ; début de la recension du Coran
634-644	califat de 'Umar ; suite de la recension du Coran
644-656	califat de 'Uthmân ; constitution de la vulgate coranique, selon la version de Zayd ibn Thâbit (mort en 665)
656-661	califat de 'Alî ; bataille de Siffin (657) en Iraq, qui marque le début des schismes de l'islam en trois branches : les sunnites, les shî'ites et les kharijites

v. 710	introduction des signes vocaliques dans le texte du Coran
943	fixation des sept systèmes de lecture du Coran
1694	premières éditions imprimées du Coran réalisées à Hambourg
1924	première diffusion à grand tirage de la vulgate dite du Caire selon la lecture de 'Asim

Chronologie des anciennes traductions du Coran

Traductions anciennes

Parmi les premières versions du Coran figurent des traductions :
– en persan, celle de al-Fârisî, compagnon de Muhammad, au VIIe siècle et celle d'Ibn Nûh vers 976 ;
– en berbère, vers 744 ;
– en sindi, vers 883 ;
– en turc, au Xe siècle, à partir de la traduction persane d'Ibn Nûh.
Shâh 'Abd al-Qâdir (mort en 1813) est l'auteur de la plus ancienne traduction en ourdou. Hayyim Reckendorf a publié en 1857 la première traduction en hébreu effectuée à partir de l'arabe.

Traductions du Coran en langues européennes

Il existe cinq lignées de traductions du Coran en langues européennes. Elles s'inspirent toutes en amont du texte arabe, mais s'en éloignent lorsque de nouvelles traductions sont faites à partir d'anciennes versions. Ce sont :
– la première version en latin réalisée à partir de l'arabe par R. de Kelton (1143), et dont se sont inspirés A. Arrivabene (traduction en italien, 1547), S. Schweigern (en allemand, 1623) et un Néerlandais anonyme (en néerlandais, 1641) ;
– la première version en français réalisée à partir de l'arabe par A. du Ryer (1647), et dont se sont inspirés A. Ross (traduction en anglais, 1649), J.-M. Glasemaker (en néerlandais, 1658) et J. Lange (en allemand, 1688) ;
– une seconde version en latin faite à partir de l'arabe par L. Marracci (1698), et dont s'est inspiré D. Nerreter (en allemand, 1703) ;
– la première version en anglais réalisée à partir de l'arabe par G. Sale (1734) ;
– la première version en allemand réalisée à partir de l'arabe par D. F. Megerlin (1772).

Glossaire

***Âya* (pl. *âyât*) :** signe divin ; verset* du Coran.

Canon : ensemble des livres admis comme divinement inspirés* et intégrés dans la liste des écrits formant le texte* sacré d'une religion.

Cheikh : maître spirituel.

Codex : feuilles de papyrus ou de parchemin pliées et cousues pour former ensemble des cahiers.

Commentaire : étude commentée d'un écrit livre par livre, section par section, verset* par verset.

Écritures : livres sacrés d'une religion.

Ésotérisme : doctrine qui affirme que seules des personnes initiées ont accès aux connaissances fondamentales.

Exégèse : science de l'interprétation* philologique et doctrinale d'un texte*.

Fâtiha : « ouverture » ; première sourate* du Coran.

Fondamentalisme : courant religieux qui prône un moralisme rigide et une interprétation* littérale des textes*.

Hadîth : « tradition narrative », « nouvelle » ; chacune des traditions de la Sunna*, dûment recensée, authentifiée et répertoriée.

Hégire : (de l'arabe *hijra*, « expatriation ») exil en l'an 622 de Muhammad de La Mecque à Médine ; début de l'ère musulmane.

Herméneutique : science de l'interprétation* des textes*, et qui formule des théories interprétatives.

Historico-critique (méthode) : méthode qui aborde les faits en évaluant leur valeur et leur portée en fonction de leur cadre historique.

Idolâtrie : culte rendu à une idole, qui est la représentation matérielle d'une divinité.

Imam : de l'arabe *imâm*, « celui qui se tient devant ». L'imam est chargé de présider la prière en islam.

Inspiration : impulsion divine par laquelle est communiquée la révélation*.

Interprétation : résultats obtenus, à propos d'un texte*, par quiconque en cherche la signification qu'il juge pertinente.

Ka'ba : édifice cubique érigé à La Mecque à l'emplacement d'un ancien temple, devenu le pôle religieux vers lequel se tournent les musulmans au cours des rites*.

Manuscrit : texte ou ouvrage écrit ou copié à la main.

Monothéisme : croyance en un dieu unique.

***Mushaf* :** codex* coranique.

Orthodoxe : conforme à la doctrine officielle d'une religion.

Parabole : récit allégorique.

Péricope : petite unité littéraire ou section d'un texte* clairement délimitée en raison de sa forme et de son contenu.

Polythéisme : croyance en plusieurs dieux.

Prophète : homme élu par Dieu, dont il est le porte-parole.

Recension : révision complète de la version* primitive d'un texte* en vue d'en faire un texte de référence.

Révélation : phénomène par lequel des vérités engageant l'adhésion croyante sont livrées par Dieu à la connaissance de personnes ou de groupes de façon surnaturelle ; le contenu de ce qui est révélé.

Rhétorique : forme donnée aux textes* en vue de leur transmission.

Rite : ensemble des usages liturgiques d'une religion.

***Sharî'a* :** la loi divine islamique dans ses applications canoniques concrètes.

Sourate : l'une des 114 sections du Coran.

Sunna : « conduite », « règle » ; seconde source canonique majeure de la religion musulmane et qui comprend l'ensemble des traditions remontant au prophète* Muhammad.

Sunnite : courant majoritaire de l'islam qui, pour désigner l'autorité qui gouverne, privilégie la fidélité à la Sunna plutôt que l'appartenance à la lignée du Prophète revendiquée par les shî'ites.

Glossaire (suite)

Tafsîr **:** exégèse*, commentaire* du Coran.

Témoins : toutes les copies, documents ou textes* de tout ou partie du Coran antérieurs à l'imprimerie.

Texte : contenu des Écritures* transmis par les manuscrits*, les versions* et les éditions.

Théologie : étude scientifique des questions religieuses, fondée sur les textes* sacrés, les dogmes et la tradition.

Variante : manière différente de rendre un passage d'un texte, qui s'écarte de la façon habituellement admise de le lire.

Verset : la plus petite division textuelle.

Version : traduction d'un texte* dans une langue différente de la langue originale.

Vulgate : version* répandue et officielle d'un texte* sacré.

Bibliographie

Dictionnaires et encyclopédies

KHOURY (Adel Theodor), HAGEMANN (Ludwig), HEINE (Peter), CANNUYER (Christian), *Dictionnaire de l'Islam. Histoire, idées, grandes figures*, Brepols, 1995.

SOURDEL (Dominique et Janine), *Dictionnaire historique de l'islam*, coll. « Grands Dictionnaires », PUF, 1996.

Encyclopédie de l'islam. Nouvelle Édition, 7 vol., Brill, Maisonneuve et Larose, 1993 ; y figure la bibliographie des études spécialisées, et notamment celles de A. Arberry, R. Bell, A. Jeffery, Th. Nöldeke, R. Paret, J. Wansbrough, W. M. Watt.

Histoire et géographie

CORNU (G.), *Atlas du monde arabo-islamique à l'époque classique*, Brill, 1985.

FAHD (Toufic), « L'islam et ses sectes », *Histoire des religions*, t. III, coll. « Encyclopédie de la Pléiade », Gallimard, 1976.

MANTRAN (Robert), sous la dir. de, *Les Grandes Dates de l'Islam*, coll. « Essentiels », Larousse, 1990.

Introductions au Coran

« *Al-Kur'ân* », *Encyclopédie de l'islam. Nouvelle Édition*, t. IV, E. J. Brill et Maisonneuve et Larose, 1986.

BLACHÈRE (Régis), *Le Coran*, coll. « Que sais-je », PUF, 1999.

GUELLOUZ (Azzedine), *Le Coran*, coll. « Dominos », Flammarion, 1996.

TALBI (Mohamed), « Quelle clé pour lire le Coran », *Réflexions sur le Coran*, Seghers, 1989.

Sciences coraniques et exégèse

ARKOUN (Mohammed), *Lectures du Coran*, E. J. Brill et Maisonneuve et Larose, 1982.

BLACHÈRE (Régis), *Introduction au Coran*, Maisonneuve et Larose, 1991.

ENNAIFER (H'mida), « Les commentaires coraniques contemporains », *Études arabes*, Rome, PISAI, 1998.

GILLIOT (Claude), *Exégèse, langue et théologie en islam. L'exégèse coranique de Tabarî*, Vrin, 1990.

MERAD (Ali), *L'Exégèse coranique*, coll. « Que sais-je », PUF, 1998.

Coran, Tawhid, 2001.

Dans les librairies islamiques :

GODIN (Asmaa), *Les Sciences du Coran. 'Ouloum al Qor'an*, Al Qalam, 1999.

VON DENFFER (Ahmad), *Comprendre le Coran. Introduction aux sciences du Coran. 'Ulûm al-Qu'rân*, Tawhid, 2001.

En langue arabe :

Voir surtout QATTÂN (Mannâ' al-), *Mabâhith fî 'ulûm al-qur'ân*, (« Recherches en sciences coraniques »), nombreuses éditions (Riyad, Beyrouth, Le Caire...).

Commentaires en français

Ismaïl ibn Kathîr. L'Exégèse du Coran, Dar al-Kotob al-Ilmiyah, 2000. Commentaire d'Ibn Kathîr en 4 vol., traduit par Harkat Abdou.

Tafsîr al-Jalâlayn. L'Exégèse simplifiée, 2 vol, Dar al-Fiker. Traduction d'Al-Mahali Ben Ahmad.

BOUBAKEUR (Si Hamza), *Le Coran*, 2 vol., Fayard, 1985. Traduction et commentaires.

Bibliographie (suite)

Études thématiques

Draz (Mohammad Abdallah), *La Morale du Coran*, PUF, 1951, puis Royaume du Maroc, 1985.

Jomier (Jacques), *Les Grands Thèmes du Coran*, Le Centurion, 1978.

Platti (Emilio), *Islam... étrange ? Au-delà des apparences, au cœur de l'acte d'islam, acte de foi* (surtout ch. 5 et 6), coll. « L'histoire à vif », Cerf, 2000.

Bible et Coran

« Le Coran et la Bible. Aux sources de l'islam », *Le Monde de la Bible*, n° 115, nov.-déc. 1998, Bayard.

Gric (Groupe de recherches islamo-chrétien), *Ces Écritures qui nous questionnent. La Bible et le Coran*, Le Centurion, 1987.

Jomier (Jacques), « Un chrétien lit le Coran », *Cahiers évangile*, n° 48, 1984, et *Le Coran, textes choisis en rapport avec la Bible*, coll. «Documents autour de la Bible», Cerf, 1989.

Points de vue et recherches récentes qui alimentent les débats

Bucaille (Maurice), *La Bible, le Coran et la science : les Écritures saintes examinées à la lumière des connaissances modernes*, coll. « Agora », Pocket, 1999.

Daddy (Ali), *Le Coran contre l'intégrisme*, coll. « La Noria », Labor, 2000.

Sadr (Bani), *Le Coran et le pouvoir : principes fondamentaux du Coran*, Imago, 1993.

Sfar (Mondher), *Le Coran est-il authentique ?* Sfar éditions ; diff. Le Cerf, 2000.

Ternisi (Xavier), « Le Coran en question », *Le Monde*, 7 septembre 2001.

Instruments de travail

Les lexiques du Coran et les concordances (index alphabétique de toutes les références de chaque terme) sont en langue arabe.
Une concordance complète existe en anglais :
Kassis (Hanna E.), *A concordance of the Qur'an*, University of California Press, 1983.

Index *Le numéro de renvoi correspond à la double page.*

Dans la collection ***Les Essentiels Milan***
derniers titres parus :

Responsable éditorial
Bernard Garaude
Directeur de collection – Édition
Dominique Auzel
Assistante d'édition
Anne Vila
Correction – Révision
Claire Debout
Iconographie
Sandrine Batlle
Conception graphique
Bruno Douin
Maquette
Isocèle
Fabrication
Isabelle Gaudon
Magali Martin

Crédits photos

© Moshe Milner - Sygma : p. 3
© Bettmann - Corbis : pp. 7, 36
© Bridgeman - Giraudon : pp. 9, 30
© Alain Pinoges - Ciric : pp. 20, 50
© Collection Viollet : pp. 28, 39
© Zia Mazhar – AP- Sipa : p. 46
© Corbis Sygma : p. 48

ISBN (10) : 2-7459-0523-6
ISBN (13) : 978-2-7459-0523-9
D. L. 3e trimestre 2006
Aubin Imprimeur, 86240 Ligugé
Imprimé en France